➢ Overseas

Verschollen in den Weiten der Ozeane

Eine Novelle von Horst Reiner Menzel

Impressum:

Bibliografische Informationen:
Die Deutsche Nationalbibliothek verzeichnet die
Publikation im Internet unter: http://dnb.dnb.de

© 2021, Horst Reiner Menzel
Dieselstraße 8
71546 Aspach
doremenzel@gmx.de
Website: http://www.reiner-menzel-aspach.jimdo.com
2. Auflage 20.04.2021
Herstellung und Verlag: BoD – Books on Demand, Norderstedt
Taschenbuch ISBN: 9783754326107

Vorwort

Jedes Jahr „verschwinden" tausende von Menschen auf Nimmerwiedersehen in den Weiten der Ozeane. Allein auf den angeblich so sicheren Kreuzfahrtschiffen gehen pro Jahr 20 Menschen über Bord. Die Allerwenigsten können gerettet werden, weil die beschleunigte Masse der Riesenschiffe, die teilweise mit ca. 28 Knoten (ca. 55 km/h) unterwegs sind, auf dem offenen Meer in der Regel erst nach 15 Schiffslängen zum Stillstand kommen. Das sind dann bei 350 m Schiffs-Länge 5 km. In Deutschland werden jährlich ca. 100.000 Menschen als vermisst gemeldet. Viele Vermisste tauchen nach ein paar Tagen wieder auf, doch oft genug hören Angehörige nie wieder etwas von ihnen. Die fiktive Geschichte von Rudolph Kaiser beschreibt diese für die Familie unerträgliche Situation in drei Teilen. Die des „Kriminellen", des „Verschwundenen" und die der „Hinterbliebenen". Eigentlich eine wahre Geschichte, die sich hundertfach jeden Tag an Land und auf hoher See, in der Berufs- Kreuz- und der Sport- Schifffahrt von Neuem abspielt. Manche schaffen es auch, eine Kreuzfahrt wie einen Selbstmord oder Unfall aussehen zu lassen und verschwinden, um nicht für ihre Taten zur Verantwortung gezogen zu werden. Sie leben dann irgendwo auf der Erde unter einem falschen Namen weiter. Die Offerten im Internet überborden unser einst einigermaßen durch Gesetze und Vertrauen auf die Seriosität der Geschäftspartner gegründeten Gemeinwesen. Wer sich außerhalb dieser in Jahrtausenden gewachsenen Über-Lebensbasis eines Volkes stellte, wurde ausgegrenzt, an den Pranger gestellt und bei schwereren Verstößen in Gefängnisse geschickt. Dort konnte er einige Zeit über seine Verfehlungen „nachdenken" und kam entweder als Geläuterter zurück in die Gesellschaft, oder er war nicht resozialisierbar, lebte seine Neigungen weiter, bis er eventuell wieder einmal von der Rechtspflege einen weiteren Entzug der Freiheit verordnet bekam und darüber assoziieren durfte, ob er sich künftig ändern oder bessern wollte. Dieser Prozess endete oft mit zerstörten Persönlichkeiten, seltener in der wieder Eingliederung in den vorherigen Stand. Der Schriftsteller Hans Fallada, mit seinem Roman „Wer einmal aus dem Blechnapf frisst", oder das Drama von Carl Zuckmayer „Der Hauptmann von Köpenick", geben davon ausreichende Zeugnis und Schmunzel-Lehrstücke ab, die jedoch zu ernsthaftem Nachdenken, statt zum Amüsement gereichen sollten. Dieser Roman erzählt eine Geschichte, die einen Ausgleich zwischen den beiden Formen der knallharten, rücksichtslosen Bestrafung von früher und der heute üblichen, eher laschen Behandlung von Fehlverhalten und Kriminalität, in den Justizsystemen des 21zigsten Jahrhundert anstrebt. Kaiser, ein Wiederholungstäter, der sich bisher mit kleinen Gauner-Geschäften über Wasser gehalten hatte, holt zum großen Schlag aus. Diesmal riskiert er alles, „trägt alle Eier in einem Korb fort" und hofft sie heil nachhause zu bringen, um sie dann in aller Ruhe selbst verspeisen zu können. Doch es kommt alles ganz anders, als er es geplant hatte. Sein System funktioniert und mit dem Erfolg, wird daraus eine seriöse, erfolgreiche Industrie-Zulieferer Firma. Doch dann kommen Reporter hinter sein Geheimnis. Sein stetig gewachsenes Ansehen in der Gesellschaft gerät wieder in Misskredit. Kann er sich aus dieser Todesspirale befreien? Der Zufall kommt ihm wie so oft im Leben zu Hilfe, doch dann nutzt er seine Chance konsequent aus.

Der Autor

Inhaltsverzeichnis

Hinweis für den Leser, mit diesem Link können Sie die see-mannschaftlichen Begriffe in Wiktionary finden.
https://de.wiktionary.org/wiki/Verzeichnis:Deutsch/See-mannssprache#P

Das Inhaltsverzeichnis ist geordnet. In Word oder im E-Book können Sie über einen Link, mit Strg und klick direkt zum gewünschten Kapitel springen.

Kapitel 1 Der Nebel

Wie Geister schwebten die Nebel über dem Fluss. Sie erinnerten ihn an eine Begegnung der dritten Art, wie man sie oft in Filmen sieht. Es lag etwa ein bis eineinhalb Jahre zurück, als er am Ufer der Havel stand und das Erwachen der Natur genoss. Anfangs konnte er fast nichts erkennen. Die Nebelfetzen rings um ihn her wallten und waberten, als wollten sie ihn einhüllen und verschlingen. Unwillkürlich erinnerte er sich an ein Gedicht, sie hatten es in der Schule auswendig lernen müssen. Ein kleines Weilchen simulierte er noch so vor sich hin, dann war er zurück in der Realität und erinnerte sich nach und nach an den Text:

> *>Wer reitet so spät durch Nacht und Wind?*
> *Es ist der Vater mit seinem Kind;*
> *Er hat den Knaben wohl in dem Arm,*
> *Er fasst ihn sicher, er hält ihn warm." <*

Eigentlich liebte er Gedichte und konnte sich Texte gut merken. Deshalb hatte ihn sein Deutschlehrer zu seinem Lieblings-Rezitator gemacht, letztlich auch, weil er es wie kein anderer in seiner Klasse verstand, sich in die Situation einer Handlung hineinzuversetzen und sie sprachlich auszudrücken. Wenn ein Gedicht aufzusagen war, musste er ran und es spornte ihn an, wenn er des Öfteren mit einem Lob geadelt wurde. Nun war es wieder da, er erinnerte sich wieder an den ganzen Text.

> *>Mein Sohn, was birgst du so bang dein Gesicht? –*
> *Siehst, Vater, du den Erlkönig nicht?*
> *Den Erlenkönig mit Kron' und Schweif? –*
> *Mein Sohn, es ist ein Nebelstreif. –,, <*

Aus den Nebeln kam ein ganz leises Trippeln, ta-tamm, ta-tamm, doch er konnte nicht ausmachen, aus welcher Richtung das Geräusch kam. – Ihn schauerte, seine Nackenhaare stellten sich auf, er musste sich kurz schütteln, sich wieder unter Kontrolle bringen, – um zwischen Empfindung und Realität unterscheiden zu können. Er hörte nun noch genauer hin. – Da war es wieder, ganz, ganz leise und fast unhörbar:

>*Willst, feiner Knabe, du mit mir gehn?*
Meine Töchter sollen dich warten schön;
Meine Töchter führen den nächtlichen Reihn
Und wiegen und tanzen und singen dich ein." – <

Der Rhythmus des Goethe-Gedichtes passte sich seinem Gehörtakt besser an, doch Zweifel blieben, denn er wusste, dass man im Nebel viel schlechter hören kann und vor Allem weil die Geräuschquellen verzerrt werden. War es über dem Fluss oder auf seiner Ufer-Seite, hinter oder vor ihm? Langsam wurde es lauter, dann löste es sich wieder auf. Doch, - da war es wieder, nun klang es eher wie ein patschen, - jetzt hörte er es deutlicher.

>*Mein Vater, mein Vater, und siehst du nicht dort*
Erlkönigs Töchter am düstern Ort? –
Mein Sohn, mein Sohn, ich seh' es genau:
Es scheinen die alten Weiden so grau. – <

Das musste ein Reiter sein, der kurz angehalten hatte, vielleicht um sich zu orientieren, wo der Weg sich hinwendete.

>*Ich liebe dich, mich reizt deine schöne Gestalt;*
Und bist du nicht willig, so brauch' ich Gewalt." –

Mein Vater, mein Vater, jetzt fasst er mich an!
Erlkönig hat mir ein Leid' s getan! – <

Nein, - es war fast unmöglich, welch ein seltsames Zusammenspiel, narrte ihm seine Sinne? Doch da war es wieder, er hörte es nun genau, dann erschrak er heftig, wie konnte es sein, dass er sich kurz zuvor an die Schule und an den Erlkönig erinnert hatte?

>*Dem Vater grauset's; er reitet geschwind,*
Er hält in Armen das ächzende Kind,
Erreicht den Hof mit Mühe und Not;
In seinen Armen das Kind war tot. <

Er war sensibel genug um zu erkennen, dass er es hier mit einem ganz besonderen Phänomen zu tun hatte. Aus seinem Simulieren war Realität geworden, aus dem Nebel kam wie aus dem Nichts ein Reiter auf ihn zu, das war sicher. Das Geräusch wurde lauter – und lauter, nun hörte er auch die typischen Galoppsprünge des Pferdes. Die Gehirnarbeit, die im Hintergrund seinen Wissensstoff weiter durchforstet hatte, meldete das Ergebnis der Analyse. Sein Bauchgehirn hatte die Schallwellen schon viel früher wahrgenommen, als seine anderen Sinne und an das Unterbewusstsein und an den Verstand weitergegeben. Also doch keine Zauberei, vor der man Angst haben musste. Doch hier spielte wieder mal das erlernte Gedicht, des sagenumwobenen Reiters, mit der relativen Wahrnehmung Katz und Maus. Heraus kam ein Warnsignal, dass seine Sinne und Muskeln auf Abwehr einer unbekannten Gefahr vorbereitet hatte. Da waren sie wieder die Urinstinkte, das Unterbewusstsein, das jedes Lebewesen seit Urzeiten vor Gefahren warnt und die Abwehrsysteme des Körpers schärft.

Quelle: Gemeinfreie Fotos Pixabay

Während er noch überlegte, teilten sich die Nebel und aus dem Dunst löste sich eine Reiterin. Als sie ihn sah, parierte sie das Pferd scharf durch, sodass es in der Hinterhand hochstieg. Er schätzte ihr Alter auf ungefähr 25 Jahre. Unter dem Reiterhelm lugte wildes, kastanienbraunes, total verschwitztes Haar hervor. Sie war durch den lustvollen, scharfen Ritt völlig außer Atem gekommen. „Morgenstunde hat Gold im Munde." sagte er unvermittelt. „Ja, nur weiß ich nicht mehr genau, wo ich jetzt bin", antwortete sie. „Ich komme aus Westfalen und will nach Berlin. Können sie mir den Weg erklären?" Erst jetzt sah er die prallen vollgefüllten Packtaschen, die hinter ihrem Sattel hingen. „Wo wollen sie denn in Berlin hin? Wenn Sie hier an der Havel weiterreiten, kommen sie nach Neuruppin und dann nach Rheinsberg." „Ach ja, wohin Friedrich der Große von seinem Vater verbannt wurde." „Genau, da haben Sie aber in der Schule gut aufgepasst." Sie schaute ihn nochmal abschätzend an, anscheinend war die Prüfung seiner Person positiv verlaufen. Dann stieg sie umständlich vom Pferd, indem sie das rechte Bein vorn über die Kruppe der Stute schwang, weil sie hinten die Packtaschen beim Absteigen behinderten und rutschte ihm quasi vor die Füße. Er musste sie festhalten, schnell griff er in die Zügel und mit der anderen Hand unter ihrem Arm, sonst wären sie beide umgefallen, weil sich ihr Absatz ein klein wenig im Steigbügel verhakt hatte. „Puh", stieß sie hervor, „danke, was machen sie denn hier draußen schon in aller Herrgottsfrühe?" Statt einer Antwort ließ er sie los und schwang seinen Fotoapparat, den er auf dem Rücken trug nach vorn, damit war ihre Frage ausreichend beantwortet. „Ich hätte dann auch mal eine Frage: Wie kann es sein, dass Sie in diesem Nebelsumpf genau auf mich trafen?" „Das war nicht ich, das war mein Pferd. Die Tiere sind sehr sensibel, haben ein hervorragendes Gehör, finden uns Menschen bei Nacht und Nebel und vor allem ihren eigenen Stall." „So ist das also, aber nach Berlin finden sie nicht ohne uns." Jetzt lachte sie schallend, ein unbekümmertes Lachen der Jugend, das von der Schwere des Lebens und der Verantwortung noch nichts wusste. „Ich habe heute noch nicht gefrühstückt", sagte sie nun. „Ich auch nicht, aber hier in der Nähe gibt es einen kleinen Landgasthof, die haben auch für Pferde ein Frühstück". „Prima, dann könnten wir ja dorthin gehen, ich lade Sie ein." Dagegen hatte er schon wegen ihres angenehmen Äußeren nichts einzuwenden. Aber auch Sie konnte es nicht unterlassen ihn etwas unauffällig von der Seite her zu begutachten. Offensichtlich passte er in ihr Beuteschema, sonst hätte sie sich wohl kaum solange mit ihm abgegeben. Während sie nebeneinander hergingen, tauschten sie sich über ihre persönlichen Lebens-Verhältnisse ein wenig aus. Beide waren ledig, hatten indessen schon einige Erfahrungen bezüglich des anderen Geschlechtes gemacht, doch feste Bindungen waren daraus nicht entstanden. Eher Enttäuschungen, die man in jungen Jahren jedoch leichter wegsteckt und die keine Brandstellen in der Seele hinterlassen. Nina Bothram, so hieß sie. Er stellte sich nun endlich auch vor: „Rudolph Kaiser, aber ich fahre lieber

Motorräder, am liebsten schwere Harley's. Reiten ist nicht so mein Ding", bekannte er. „O.K., meinte sie, ich sage jetzt einfach mal Du zu Dir, einverstanden?" Er war überrascht, wie schnell sie ihm Vertrauen entgegenbrachte, denn er hatte mit seinem Verhalten nicht zu erkennen gegeben, dass er auf ein schnelles Abenteuer, so >un passant< aus war. Wenn sie seine Vergangenheit gekannt hätte, wäre sie eher nicht geneigt gewesen, das Visier so schnell herunter zu lassen. Er bezog diese Entwicklung eher auf den Umstand, dass er eine enorme Anziehungskraft auf Frauen ausübte. Weil er das wusste, richtete er seine Ambitionen in Bezug auf das andere Geschlecht mehr auf die charakterlichen Eigenschaften seiner wenigen Beziehungen aus und da war er meistens sehr wählerisch, doch auf seine Art treu, überließ es eher den Frauen ihn zu erobern. Seine bisherigen Frauen-Bekanntschaften waren eher an der fehlenden Empathie und den besitzergreifenden Eifersüchteleien seiner Freundinnen gescheitert. Eine Frau, die ihn nicht gleich voll vereinnahmte und nur besitzen wollte, hatte er bisher noch nicht kennengelernt. Die meisten sonnten sich nur in seinem Erfolg, der ja auch nur erschlichen war, und ziemlich weit hinter dem Maß des gesetzlich zulässigem lag. Zeigten sich dann ein paar Wolken am Beziehungs-Himmel, ließen sie ihn fallen wie eine heiße Kartoffel. Seine Devise war jedoch immer gewesen, dass man Reisende nicht aufhalten sollte. Auch niemanden bei dem man nicht genau wusste, wohin seine Reise gehen sollte. Wo die Ziele dieser Damen lagen, erschloss sich ihm jedoch nur allmählich, deshalb agierte er immer vorsichtiger, um nicht erneut in eine schöne Fratzenfalle hinein zu tappen. Weil er sich jedoch vorgenommen hatte unbedingt reich zu werden, war sein Verhältnis zur bürgerlichen, anständigen Lebensweise etwas differenziert und nicht auf dauerhafte Beziehungen und Familie ausgerichtet. Aber auch hier gab es für ihn Grenzen, die er nie überschreiten würde. In seinem privaten Umfeld hielt er konsequent auf Anstand und Verlässlichkeit. Gewissermaßen war er dadurch zu einer gespaltenen Persönlichkeit geworden, jedoch weit genug von Schizophrenie entfernt. Privat ein Laissez-faire-Biedermann, doch bei der Geldbeschaffung nahm er es nicht so genau und ließ sich auf ziemlich windige Geschäfte ein. Das ging aber nie über einen kleinen Betrug hinaus, außerdem achtete er sehr darauf, dass niemand direkt geschädigt wurde. Seine kriminelle Energie reichte nie aus, um das Leben und die Gesundheit anderer zu gefährden.

Nina merkte, dass er über etwas nachdachte, - ziemlich abwesend war und riss ihn mit einer überraschenden Frage aus seinen Betrachtungen. „Sag mal, was machst du heute Abend?" Inzwischen waren sie am Gasthof angekommen. Er schreckte auf, erinnerte sich wo er war und musste sich erst einmal konzentrieren, bevor er zu einer Antwort fähig war. >So ein Träumer dachte sie<. Um seine Abwesenheit zu überspielen und um etwas Zeit zu gewinnen, antwortete er mit einer Zwischen-Frage. „Musst du dich denn jetzt nicht erst einmal um dein Pferd kümmern?" „Ja, du hast recht, na du weißt ja wo du mich findest." >Die will mehr von mir<, dachte er. Von den negativen Erfahrungen hatte er eigentlich genug, wenn er eine neue Beziehung einging, dann musste es etwas Dauerhaftes sein. Auf einen kleinen ‚on night stand' hatte er absolut keinen Bock. Als sie nach einer halben Stunde mit ihren Packtaschen zurückkam, saß er immer noch auf demselben Stuhl, das Frühstück stand schon lange auf dem Tisch und der Kaffee war nur noch lauwarm. Trotzdem stürzten sie sich darauf, denn der Duft von frischen Brötchen kitzelte in der Nase. Inzwischen hatte er genug Zeit gehabt, über sein bisheriges, halbseidenes Leben intensiv nachzudenken. Das Ergebnis dieser Analyse war, dass er erst einmal seine ungeordneten Verhältnisse revidieren musste, bevor er sich auf eine neue Beziehung einließ.

Doch wie sollte das gehen? Die Sache mit der Gelddruckmaschine lief hervorragend, war eigentlich ohne Reibungsver-
luste nicht zu stoppen. Als sie sich setzte und die langen Beine
übereinanderschlug, dachte er heimlich, >wie sie wohl erst
ohne diese dicken Reithosen und die Stiefel in einem Abendkleid aussehen würde<. Seine Fantasie glitt an ihr hoch,
schätzte ihre Körbchen-Größe auf C. Sie folgte seinen Blicken
und hob beide Arme hoch, sodass ihr Busen besser zur Geltung
kam. Dann sagte sie nur ein Wort: „Zufrieden". „Entschuldige
bitte, das ist kein Sexismus nur Bewunderung, ich glaube ich
sollte dein Angebot für heute Abend annehmen." Jetzt sah sie
ihn noch kritischer an, als zuvor und erklärte kategorisch: „Hör
mal, das war keine Einladung zum Sex." Dann nahm sie ihre
Packtaschen, drehte sich um und wollte in Richtung Zimmer
verschwinden. Kurzerhand nahm er ihr die schweren Taschen
wieder ab und trug sie die Treppe hinauf. Als sie hinter ihm her-
lief, dachte sie: >Na ja, ein Gentleman scheint er ja zu sein und
nahm sich vor, ihn in ihrem Zimmer gleich einmal zu überprüfen. Sie wollte wissen, wie weit er gehen würde, wenn sie ihn
ein wenig provozierte. Doch er kam überhaupt nicht mit hinein, sondern stellte die Taschen im Eingangsbereich einfach ab
und fragte: „Was ist nun mit heute Abend, ich würde dich dann
so um 19 h abholen?" „Was soll ich anziehen, ein Abendkleid
habe ich nicht dabei, ich kenne ja hier auch keine Lokale."
„Also für einen Stadt-Bummel durch Berlin reichen Jeans und
Lederjacke aus, wenn du eine hast, ansonsten habe ich noch
eine ganz nagelneue Damenlederjacke im Kleiderschrank." Sie
sah ihn schon wieder kritisch an, >immer wieder sage ich was
Falsches<, dachte er. „Ja, - es sollte ein Geschenk für eine
Freundin sein, doch wir hatten uns schon vor ihrem Geburtstag wieder getrennt." „Hm, - dann bring sie halt mal mit, auf
einem Pferd transportiert man in der Regel keine so schweren
Kleidungs-Stücke, man muss mit jedem Gramm sparen, weil
man auch Futter und Wasser mitnehmen muss." „Gut, dann

bis nachher und entschuldige meine Unaufmerksamkeit", sagte er, „du bringst mich ganz durcheinander." „So, so", grinste sie, schloss die Türe und dachte, >warte erst mal ab, der Tag ist noch lang, da kann noch viel passieren <.

Quelle: Gemeinfreie Fotos Pixabay

Als er sie später in der Pferdepension abholte war er doch von ihrem Outfit überrascht. Dass sie eine gute Figur hatte, war ihm sofort aufgefallen, doch als er sie dann ohne ihr Pferde-dressing sah, klappte ihm fast der Unterkiefer herunter. Diese Frau brauchte kein Styling oder Kosmetika, dass hätte ihre na-türliche Schönheit nur verschlimmbessert. Sie schaute ihn er-wartungsvoll an und fragte schelmisch: „Na, bist du zufrieden, kann man mit mir Berlin unsicher machen?" „Absolut, ich will ein Tänzchen mit dir wagen, aber auf meiner Harley, dürfte es für dich ein wenig zugig werden, wir sollten lieber die S-Bahn nehmen." Sie bestand jedoch auf der Harley und nun staunte sie nicht schlecht, als er aus einer Packtasche ein Ganzkörper-kondom hervorholte, den Motorrad- Freaks bei Regenwetter überziehen. Er steckte sie einfach hinein, fummelte noch ein bisschen an den Verschlüssen herum, setzte ihr einen Helm auf und dann starteten sie zu ihrer ersten gemeinsamen Unter-nehmung, >die Eroberung der Stadt Berlin <.

Die Leder-Jacke passte perfekt, als wäre sie nur für sie ge-macht worden. >Schon wieder so ein eigenartiges Zusammen-treffen <, dachte er, >da kommt eine Frau aus dem Nebel und – die Jacke, die bisher nutzlos in meinem Schrank hing – passt<. Zufall oder Fügung? Nun hatte er auch die Gelegenheit gehabt, sie mal in einer Bluse und mit frisch frisierten Haaren zu betrachten. Die feine Nase beschrieb eine leichte Biegung nach oben und ging gerade zwischen dem im richtigen Ab-stand stehenden Augenpaar, dass ihn schon wieder aufmerk-sam musterte, in die Stirn über. Der volle Mund mit den herz-förmigen Lippen, passte genau zu dem ganzen Arrangement, dass die Natur ihr auf den Lebensweg mitgegeben hatte. Ihre Ohren waren jetzt vom langen Haar verdeckt, er wollte sie schon bitten sie frei zu machen, doch sie hatte schon wieder seine Gedanken erraten und legte ein Ohr frei, drehte sich um die eigene Achse und sagte: „Alles Ok?" „Bitte sei mir nicht böse, du machst mich verlegen, das ist mir bei Frauen noch nie passiert." „So, so, - komm mal her, bevor wir gehen, möchte ich mal wissen, wie du riechst und wie du dich anfühlst. Du weißt ja, man muss sich erst mal riechen können, bevor man sich anfasst und auf deiner Maschine wird es doch ziemlich eng werden." Dann zog sie ihn an sich und gab ihm einen lan-gen, selbstsicheren Kuss, der ihn sofort erregte, deshalb schob er sie sachte von sich, denn er wollte sich weitere Genüsse mit ihr für später aufsparen und ihr keine Gelegenheit geben, sich über seine spürbare Männlichkeit zu amüsieren.

In dem kleinen Lokal, wo sie speisten, entwickelte sich im Laufe des Abends ein anregendes Gespräch. Sie war noch Studentin der Veterinärmedizin im fünften Semester, berichtete sie. Bis zu einer eigenen tierärztlichen Praxis war es noch ein sehr langer, steiniger Weg. Das Pferd, eine Hannoveraner-Stute, hatten ihr ihre Eltern geschenkt, aber ihr Studium musste sie selbst finanzieren und das war mitunter äußerst schwierig. sDiesen Ausflug in die Weite der herrlichen Natur der Havellandschaft und die Umgebung von Berlin, gönnte sie sich jetzt in den Semesterferien, um einmal abzuspannen. Als er das alles hörte, stieg seine Achtung vor ihr erheblich. Da konnte er keinesfalls mithalten, in seinem 28-jährigen Leben hatte er noch nie Geldsorgen gehabt, im Gegenteil, er konnte sich einiges leisten, was seine Altersgenossen neidisch machte. Ohne dass er es gleich bemerkte, hatten ihre Erzählungen einen tiefen Eindruck bei ihm hinterlassen. Plötzlich kam ihm die Erkenntnis: >Wenn er diese Frau erobern wollte, und dass nicht im Sinne von Flachlegen, konnte er nicht nur mit seinem schönen Gesicht und seinem guten Körperbau wuchern, da musste mehr Substanz her. Seine Konten waren prall gefüllt, doch damit konnte er bei ihr bestimmt nicht punkten. Allerdings gab er sein Geld nicht leichtfertig aus, wie viele seiner Freunde, denn dadurch hätte er nur die Behörden auf sich aufmerksam gemacht. In diese Überheblichkeitsfalle tappte er nicht hinein. Sein Entschluss ein solideres Leben zu führen reifte und wurde zur Aufgabe, er fragte sich, warum sollte er nicht gleich damit beginnen. „Du", sagte er, „was hältst du davon, wenn ich dich unverbindlich ein wenig sponsere? Wir machen einen Vertrag, ich überweise dir jeden Monat einen bestimmten Betrag und du zahlst mir das Geld in Raten zurück, wenn du dann mal welches verdienst." Sie biss sich auf die Zunge um nicht zu fragen: Was muss ich dafür tun? Doch bevor sie zu einem Entschluss kam, nahm er ihr den Wind aus den Segeln und erklärte: „Du ich weiß was du jetzt denkst, vergiss es gleich wieder, es ist ein Deal ohne Gegenleistung. Ich habe einfach das Gefühl einmal etwas Gutes tun zu müssen, quasi um mein Schuldkonto an der Gesellschaft auszugleichen. Schließlich bist du selbst schuld daran, du hast mich zum Nachdenken gebracht und dafür danke ich dir. Auch wenn du die aufgelaufene Summe nie zurückzahlen kannst, trifft es mich nicht wirklich. Ich habe bisher viel Glück gehabt, das liegt wohl an meiner unbekümmerten Art, meinem Auftreten und, dass ich immer Ideen hatte, wie man Geld machen kann, ohne sich viel anzustrengen zu müssen. Leider hat das auch sehr viele Nachteile, denn du bist als >der Erfolgreiche< meistens von falschen Freunden umgeben, deshalb vertraue ich den Menschen nicht so schnell." „Warum vertraust du dann mir?" „Weißt du, ich bin mir auf Grund unseres seltsamen Kennenlernens absolut sicher, dass du keine Ahnung hattest wer ich bin. Auch deine Erzählungen bezüglich deiner beruflichen Ambitionen, haben in mir eine Art Schamgefühl geweckt. Wenn ich zurückblicke, was ich in diesen Jahren getan habe, ist die Bilanz eher dürftig und ernüchternd, das werde ich ändern". „Aha", sagte sie, „ich bin dann gewissermaßen die Inkarnation und die Wiedergutmachung für begangenen Sünden und Versäumnisse. Ein Schelm, der Böses dabei denkt, ich werde mir das mal überlegen, aber den Vertrag formuliert mein Vater, der arbeitet in einer Anwaltskanzlei." „Ok., mach das mal und schick mir deine Kontonummer gleich mit." „Apropos Nummern? Wir sollten nun endlich mal unsere Handynummern und die Adressen austauschen." „Klar, wenn ich schon dein Geld nehmen soll, will ich auch wissen, ob du nur Sprüche machst oder ob wirklich etwas an dir dran ist. Ich will ja nicht schon wieder mit dem doofen Spruch kommen, dass alle Männer immer nur das eine wollen. Frauen wollen mit diesen Sprüchen nur besser dastehen, sich in der Opferrolle sehen, dabei halten sie nur Ausschau, wer für ihren zukünftigen Nachwuchs am besten sorgen kann." „Bravo, endlich gibt es mal eine Frau unumwunden zu."

Schon beim Essen in dem gut bürgerlichen Lokal, blitzte sie ihn mit ihren rehbraunen Augen auffordernd an und sagte: „Kann man sich eigentlich an einem einzigen Tag kennenlernen und gleich ineinander verlieben?" >Um Himmels willen, jetzt geht sie aufs Ganze <, dachte er, denn ein bisschen Feuer hatte er gefangen, nein, wenn er ehrlich war, loderte es schon ziemlich hoch, aber Liebe, das braucht länger. Unverbindlich antwortete er deshalb: „Das kommt drauf an, wenn der oder die Richtige kommt, reicht nach wissenschaftlichen Erkenntnissen ein einziger Blick." „Das scheint zu stimmen, ich habe mich auf den ersten Blick in meine Stute verliebt und sie in mich, ich konnte nachts nicht mehr schlafen und musste sie unbedingt besitzen. Meine Eltern haben das Geld dann irgendwie zusammen-gekratzt, ich vermute sogar sie haben einen Kredit aufgenommen und ich habe heute noch ein schlechtes Gewissen, weil ich das angenommen habe." „Sei nicht albern, Eltern tun für Kinder alles und sind glücklich, wenn sie ihre Kinder glücklich machen können. Wenn das nicht so wäre, würde die Welt zusammenbrechen. Du wirst das erst verstehen, wenn du einmal eigene Kinder haben solltest. Was du jetzt empfangen hast, wirst du später deinen Kindern zurückgeben, das ist der Lauf der Welt. Die Wolken bringen das Wasser in die Berge, die Bächlein werden zum Bache, die zum Fluss streben und jeder Tropfen Wasser nährt die Pflanzen und tränkt die trockene Erde. Sie lässt es sprießen, wachsen und gedeihen, das Leben entstehen und erhält das ewige Werden und Vergehen. Wenn du das verstanden hast, wirst du auch verstehen, warum wir uns getroffen haben, das war kein Zufall. Es ist von der Schöpfung, die das Weltall erschaffen hat, um Leben entstehen zu lassen, so programmiert. Alles, was wir auf dieser

Erde tun und erleben, wird sich an anderer Stelle im Universum wiederholen, wenn unsere Sonne schon längst erloschen ist."

„Hoppla, ich glaube du bist Philosoph, woher hast du das alles, diese Seite der Weltsicht hat sich mir bisher noch nicht erschlossen?" „Nein, Philosoph bin ich nicht, ich habe nur mein Leben lang viele schlaue Bücher gelesen. Weißt du, ich versuche nur, mir aus den tausenden Puzzlesteinen eine glaubwürdige Weltsicht aufzubauen oder glaubst du an den Gott der Bibel und an die Religionen?" „Nein, was du gesagt hast, kommt der Sichtweise der Hindus sehr nahe, wenn man einmal ihre Buddha-Anbetung ignoriert, glauben sie meines Wissens nach an die Inkarnation, also die Wiedergeburt aller Dinge, bis in alle Ewigkeiten."

Diese langen Gespräche hatten sie beim Essen geführt, doch dann schlug er vor, noch ein nettes kleines Tanzlokal aufzusuchen. „Weißt du, ich bin der Meinung, dass Menschen die gut zusammen tanzen können, auch in einer Beziehung gut harmonieren." >Aha, dachte sie, soweit ist er also schon mit seinem Gedankengebäude vorangekommen, es fehlen eigentlich nur noch die Dachziegel auf dem Haus<. Deshalb sagte sie halblaut: „Der Zimmermann ist also schon fertig". „Wieso Zimmermann, was meinst du damit?" „Ja ich denke, wir sollten uns noch ein bisschen Zeit lassen, bevor wir das Dach eindecken." Dann ertönte wieder ihre glockenhelle Lach-Kanonade, in die er unwillkürlich hineingezogen wurde. Ob er es wollte oder nicht, sie steckte ihn unwiderstehlich an, zog ihn in ihren Bann. Der löste sich erst, als der Kellner kam und nachfragte, ob sie noch Wünsche hätten. Nein, wir möchten bezahlen. Sie bestand jedoch darauf sich zu beteiligen, gab aber seinen Argumenten nach, denn er war ja schon am Morgen ihr Gast gewesen. Die Tanzveranstaltung, sozusagen als letzte Harmonie-

Prüfung gedacht, ging dann auch noch zur beiderseitigen Zufriedenheit aus, dass schloss er aus dem spontanen Kuss, der eigentlich einige Momente zu lange andauerte, er deutete jedoch an, dass sich mehr solcher Küsse in ihrem Wünsche-Arsenal befanden. Da musste man nicht weiter Gockeln und Antichambrieren, wenn er es darauf anlegte, würde sie sich bestimmt nicht weiter zieren und mit ihm ins Bett gehen. Um dieser Entwicklung zuvorzukommen sagte er: „Komm wir fahren noch ein Bisschen mit der Maschine durch Berlin, ich zeige dir das Nachtleben dieser Stadt und vielleicht treffen wir ein paar meiner Freunde, dann kann ich ein wenig mit dir angeben." „Untersteh dich, ich möchte nicht in die Reihe deiner zahlreichen Eroberungen eingereiht werden." „Na, na, - so viele waren es nun auch wieder nicht, du hattest doch sicher auch schon ein paar Freunde? Ich bin dann eher der schüchterne Typ und lasse mich gern von den Frauen erobern." „Hey, dann habe ich dich also erobert?" „Ne, ne, das war dann gewissermaßen das Schicksal, das uns zusammengeführt hat, eine gegenseitige Eroberung auf Augenhöhe. Ich mache mir schon langsam Gedanken darüber, wie wir diese Beziehung weiterführen sollen, du in Waren (Westfalen) und ich in Berlin. Es kommt noch dazu, dass meine Mutter in Greetsiel an der Nordsee lebt." „Komm, nun fahr endlich los, ich bin noch nie in einem Nachtlokal gewesen." Als sie dann in einer Nachtbar saßen, sich leise unterhielten, den Tänzerinnen und den Vorführungen zusahen, sagte sie: „Zieh doch einfach zu deiner Mutter, dann haben wir es nicht sehr weit, ich studiere ja in Bremen." „Das ist nicht so einfach, ich muss erst meine ganzen geschäftlichen Verbindungen hier in Berlin abwickeln, vorher noch meine Mutter besuchen und mit ihr reden, aber ich denke, das geht in Ordnung." „Prima, mach das, ich wollte schon immer mal mit Isa ohne Sattel und nackt im Morgengrauen durchs Wattenmeer reiten. Angeblich soll es nichts

Schöneres geben. – Da fällt mir ein, kannst du eigentlich reiten?" „Nein, aber ich schätze, du wirst es mir beibringen, dafür
lernst du bei mir Motorradfahren. Aber zunächst werde ich
mal meine Mutter besuchen, du kannst uns vielleicht schon am
nächsten Wochenende besuchen, ich rufe dich an, wenn alles
klar ist. Mutter wird sich freuen, denn sie macht sich schon Sorgen, das ich Beziehungsunfähig oder schwul bin, weil ich noch
nie eine Frau mitgebracht habe, wenn ich sie besuchte. Danach bringe ich meine Angelegenheiten in Berlin auf die
Reihe" „Gut, da wäre noch was, darf ich dich fragen, was für
einen Beruf du hast?" „Ich habe Bankkaufmann gelernt und
ein paar Jahre in einer Volksbankfiliale gearbeitet. Dann habe
ich gemerkt, dass dieser Job mich anödet und einen Ge-
brauchtwagenhandel aufgemacht. Eine Zeitlang Auto-Ge-
schäfte mit Osteuropa abgewickelt, zwischendurch war ich
schon mal Bürgermeister einer kleinen Gemeinde und zurzeit
läuft eine größere Sache, so eine Art Selbstläufer, wo man
nicht viel arbeiten muss und dabei zu viel Geld verdient, wenn
man die richtigen Leute findet und für sich arbeiten lässt. Allerdings ist die Sache mit einem enormen Risiko behaftet. So
ist das halt, no risk no fun, ich werde auch da so bald wie möglich wieder aussteigen."

Am nächsten Morgen trennten sie sich nach einer heißen Liebesnacht. Er war also doch passiert, danach wartete sie vergebens auf seinen Anruf, war aber zu stolz selber anzurufen,
diese Blöße wollte sie sich nicht geben. Sie dachte, wenn er es
ehrlich meint, dann soll er sich melden, denn ein untrügliches
Gefühl sagte ihr, dass sie sich nicht in ihm getäuscht hatte. Es
verging Woche um Woche, dann machte sie sich doch Sorgen,
dachte, vielleicht ist ihm etwas passiert oder er ist krank geworden. Sie hielt es nicht mehr aus und rief ihn auf seinem
Handy an, es meldete sich aber nur der Anrufbeantworter. Von
seinem Handy kam nur die übliche Ansage: „Is not available"

usw. Sie versuchte es in Abständen noch ein paarmal, dann gab sie es auf. Es schien so, als hätte sie ihre erste Liebe verloren, bevor sie richtig begonnen hatte, jedenfalls machte sie sich keine Hoffnungen mehr auf ein Wiedersehen.

Wochen später war sie gerade dabei ihre Stute Isa zu versorgen, wie sie es jeden Tag machte, da klingelte das Handy. Eine Frau Kaiser meldete sich, aha, dachte sie, er ist also verheiratet! „Spreche ich da mit Nina Bothram?" „Ja bitte", „ich rufe sie vom Handy meines Sohnes Rudolph an, darf ich sie fragen, in welchem Zusammenhang Sie mit ihm in Kontakt standen?" Nina war überrascht, was sollte sie seiner Mutter sagen, dass sie sich ineinander verliebt, einen zauberhaften Tag und eine wunderschöne Nacht zusammen verbracht und sich verabredet hatten. Nach kurzem Überlegen sagte sie: „Ich habe ihn in Berlin kennengelernt, wir hatten verabredet, uns bei Ihnen zu treffen, er wollte mich Ihnen vorstellen." Jetzt war es an Ella überrascht zu sein. Er hatte ihr seine bisherigen Freundinnen nie vorgestellt, es musste also eine ganz besondere Dame sein, die einen solchen Aufwand rechtfertigte. „Frau Nina, mein Sohn wird vermisst, er kam hier an, wollte kurz vor dem Essen noch schnell schwimmen gehen, hatte nur seine Badehose und ein T-Shirt an und hat nicht einmal ein Handtuch zum Abtrocknen mitgenommen. Man hat nur mein Fahrrad gefunden, das am Strand lag, sonst nichts. Die Polizei nimmt an, dass er ertrunken ist. Ich rufe nun alle Nummern durch, die auf seinem Handy gespeichert sind." Jetzt war es wieder Nina, die eine längere Pause brauchte um das Gehörte zu verdauen. Dicke Tränen flossen ihr über die Wangen, sie stöhnte auf und musste sich setzen. Nach einiger Zeit meldete sich Ella wieder, „Sind Sie noch dran?" fragte sie. „Ja", sagte Nina mit tränenerstickter Stimme. „Können Sie irgendetwas zur Aufklärung beitragen? Bitte sagen Sie mir alles was Sie wissen, es ist wichtig." Nina brauchte eine Viertelstunde um Ella von ihrer Begegnung mit Rudolph zu berichten, die Liebesnacht ließ sie aber weg. Sie tauschten noch ihre Adressen, Ella gab Nina ihre Telefonnummer, dann verabredeten sie, sich anzurufen, wenn sich etwas Neues über den Verbleib von Rudolph ergab. Nachdem sie aufgelegt hatte, brach sie in Tränen aus, die nicht versiegen wollten. Sie konnte sich nicht mehr beruhigen. Bisher hatte sie immer noch gehofft und gebangt, jetzt war das Urteil gesprochen. Verzweifelt ging sie zu ihrer Isa und erzählte ihr von ihrer großen Betrübnis. Die Stute stellte beide Ohren steil auf und hörte ein Weilchen zu, dann stieß sie ein grausiges Wiehern aus, als wenn sie alles was ihr Nina erzählte, verstanden hatte. Wir Menschen werden wohl nie ganz begreifen inwieweit Tiere, die genauso ein waches Bewusstsein haben wie wir, in der Lage sind die Stimmungen und Gemütszustände von uns Menschen zu erahnen und vielleicht sogar zu verstehen.

Das ewige Leben

Es gibt es, das ewige Leben,
für uns Menschenwesen.
Wenn abgelaufen unsere Uhr,
wandeln unsere Atome sich zur Natur.
Werden zu Bausteinen neuen Lebens
und neuer Wesen.
Auch Universen erschaffen sich unendlich neu,
bleiben den Naturgesetzen treu.
Wir können`s nur ahnen, soviel steht fest,
dass man uns kleine Menschlein, nicht alles wissen lässt.

Rei©Men

Kapitel 2 Ella wird unruhig

Rudolph hatte zu seiner Mutter, die er gerade besuchte gesagt: „Ich gehe vor dem Essen noch schnell baden." Ella bestätigte die Nachricht: „Aber bleib nicht so lange, sonst verbrutzelt mir das Essen, ich hab' deinen Lieblings-Labskaus gemacht." >Typisch Mütter, kommt Söhnchen endlich mal vorbei, haben sie nichts Besseres zu tun, als zu Kochen <, dachte er. Die Familie Kaiser wohnte schon seit geraumer Zeit in Greetsiel, bis zum Polderdamm waren es mit dem Fahrrad nur zwei Minuten. Als Ella über eine Stunde später, die sie auf ihren Sohn gewartet hatte, unruhig wurde und am Ufer nachschaute wo er blieb, lag das Fahrrad im Sand und die Zungen der Flutwellen mit ihrem sandigen Schlamm voll Schlick und angeschwemmten Dreck, hatten schon danach gegriffen. Zunächst machte sie sich keine großen Sorgen denn sie wusste, dass ihr Sohn ein guter Schwimmer ist. Er war ja auch nur mit seiner Badehose und einem T-Shirt zum Wasser gestartet, also konnte er ohne weitere Kleidung nicht weit gekommen sein. Sie dachte sich, dass er eventuell wieder Mal seinen Freund Kalle getroffen hatte. Für gewöhnlich gingen die Beiden dann in das Gasthaus „Deichkrug", hinter dem Damm und tranken ein Bierchen und das konnte dauern, wenn sie sich schon ein Weilchen nicht gesehen hatten. Doch warum hatte er ihr neues Fahrrad, das er ihr zum 50zigsten Geburtstag geschenkt hatte, liegen lassen? Das irritierte sie, denn ihr Sohn war keiner von der Sorte der liederlichen Menschen, die alles wegwerfen, stehen und liegenlassen und wo sie sich gerade bewegen, ihre Spuren hinterlassen. Es musste also einen wichtigen Grund dafür geben den sie zu ergründen hoffte. Sie schob also ihr Fahrrad den Fußweg hoch, saß auf und rollte auf der anderen Böschung des Dammes zum Deichkrug wieder hinunter. Als sie das Lokal betrat schaute Fiete kurz auf, -als er Ella erkannte

fragte er erstaunt: „Moin, Moin Ella, bisschen früh für' n Jever
- wat". „Du oller Spinner, hast du Rudolph gesehen?" „Ne du,
der wa nich hier." „Und Kalle, haste den gesehn ?"
„Ne, ooch nich." „Wasn' n los Ella, bist doch sonst nich so hinter de Männer her." „Du, mach keene Witze, ich mach mir Sor-
chen, weil he vom Swimmen no nich zurück iss." Dann erzählte
sie ihm, dass er schon seit mehr als einer Stunde überfällig war
und, dass sie ihn zum Mittagessen erwartet hatte. Nun machte
sich auch Fiete Sorgen. Er sprach kurz mit seiner Frau Trude
und dann ging er mit Ella ihren Rudolph suchen.

Quelle: Gemeinfreie Fotos Pixabay

Als sie über den Deich zurückkamen, hörten sie schon das
Martinshorn eines Polizeifahrzeuges. Die Feuerwehr raste
durch den kleinen Ortsteil, sodass sie einen heillosen Schreck
bekamen. Als sie näherkamen, erkannten sie, das mit der Flut
eine Person angeschwemmt worden war. Ella wand sich in
Krämpfen und Fiete musste sie stützen, doch er konnte sie
nicht beruhigen. „Ella, sagte er zu ihr, wir wissen doch überhaupt nicht, ob es Rudolph ist, der da angeschwemmt wurde."
Doch sie versteifte sich darauf, dass ihr Sohn ertrunken war.
Als sie näherkamen, wollte sie die Polizei abdrängen, doch

Fiete erklärte den Beamten, dass Rudolph Kaiser vermisst wurde. Der Beamte ging zu seinem Vorgesetzten und nach ein paar Minuten fragte man Fiete, ob er den Toten identifizieren könne. Fiete sah sich den Toten nur kurz an und sagte, dass es sich um einen anderen Mann handelt. Inzwischen war auch Ella durch die Sperre geschlüpft und er konnte ihr erklären, dass es ein Fremder war, den er nicht kannte. „Du lügst", schrie sie ihn an, „das ist unser Sohn". Nun war Fiete derjenige, der erstaunt aus der Weste schaute. „Wieso, unser Sohn", fragte er. Ella biss sich auf die Lippen. „Ja, ich hätte es dir schon immer sagen sollen, doch ich wollte deine Ehe nicht kaputtmachen." Ein Blick auf den Toten genügte, dann wusste auch Ella, dass es ein anderer war, der hier angeschwemmt worden war. Fiete hatte sich etwas entfernt und am Fuß des Deiches niedergelassen. Er musste erst die unglaubliche Neuigkeit verkraften, konnte es kaum fassen, dass er einen erwachsenen Sohn hatte. Denn mit seiner Frau Trude hatten sie keine Kinder bekommen. Ella setzte sich neben ihn und musste nun ihrerseits Fiete trösten, denn nun war es auch sein Sohn, der verschwunden war. Polizei und Feuerwehr fingen nun, nachdem sie erfahren hatten, dass auch Rudolph vermisst wurde an, nach ihm zu suchen. Auch die Küstenwache wurde verständigt, nicht nur, weil man annahm, dass auch er ertrunken sei, sondern, weil man feststellen wollte, woher der Tote gekommen sein könnte. Natürlich hielt man auch nach Rudolph Ausschau. Als es dunkel wurde, stellte man die Suche zunächst ein. Inzwischen waren die Vorkommnisse im ganzen Ort bekannt geworden und hatten sich wie ein Lauffeuer ausgebreitet. Obwohl man das ganze Gebiet nach ihm abgesucht hatte, konnte er nicht gefunden werden. Die Suche dauerte noch mehrere Tage an, dann wurde sie endgültig eingestellt und Rudolph als vermisst ausgeschrieben. Ella und Fiete hatten jedoch noch einiges Familiäres aufzuarbeiten. Sie waren sich jedoch darin einig, vorerst Trude, seiner Frau nichts davon zu erzählen. Das, so meinten sie, würde seine Ehe zu sehr belasten, denn den Ehebruch mit Ella, hatte er ihr nie gestanden. Immerhin waren seither 27 Jahre vergangen. Warum sollte sie sich nun auch noch um Rudolph Sorgen machen, man wollte erst einmal abwarten, ob man über seinen Verbleib noch etwas in Erfahrung bringen konnte.

Quelle: Gemeinfreie Fotos Pixabay

Kapitel 3 Schiffbrüchig

Lebensquell

Aus dem Wasser kommt das Leben!
Dunst steigt hinauf zu Himmelshöhen,
Wetter und Wind die Wolken bewegen,
reinigen Land und Luft mit dem Regen.

Vor grauer Zeit begann sein Werden,
im tiefen, kühlen Grund der Erden.
Aus rauer Kluft da springet silberhell,
hervor, ein lieblich zarter Bergesquell.

Labt und tränket manches Lebewesen,
Rinnsal um Rinnsal zum Bache streben,
viele Flüsschen zum Flusse werden,
Ströme fließen den Meeren entgegen.

Pflanzen und Tiere den Lebensquell hegen,
doch wir Menschen erkennen nicht den Segen,
den Mutter Natur mit dem Wasser gegeben.
sonst würden wir es wie ein Heiligtum pflegen.

Rei©Men

Die Tide kippte gerade, - auflaufendes Wasser drückte gegen den Strand, sodass er sich keine Sorgen machen musste in die Weite des Meeres hinausgespült zu werden. Was er nicht beachtete hatte war, dass ein starker ablandiger Wind wehte. Da das Wasser aber schneller als der Gegen-Wind, jeden Körper wieder an Land treibt, schwamm er genussvoll sehr weit hinaus, wie er es gern bei diesen Verhältnissen tat, weil er danach von der Flut mit einer rasanten Geschwindigkeit zurück an Land getrieben wurde. Die kleinen Holzteilchen, Blätter und

Tang, die der Land-Wind an der Oberfläche langsam aufs Meer hinaus trieb überholten ihn zwar, doch darin sah er keine Gefahr. Aber er übersah eine andere, gefährliche Gefahrenquelle, nämlich, dass das auflaufende Wasser schon langsam zur Ruhe kam. Bald würde der Pegel ausgeglichen sein und die Tide kippen, doch Rudolph schaute nur hinaus in die Weite und auf die vielen dort draußen auf der Nordsee verkehrenden Schiffe. Er konnte sich von dem Anblick nicht losreißen, denn der Effekt, mit den Augen nur knapp über der Wasser-Oberfläche auf die Weite der See, hinaus bis zum sich rundenden Horizont zu schauen, war einfach grandios. Hinzu kamen die leicht wippenden Wellen, die dem Ufer zustrebten, ihn immer wieder hochhoben und seinen Gesichtskreis erweiterten. Das sommerlich warme Oberflächen-Wasser lullte ihn ein. Am liebsten wäre er immer weiter und weiter bis ans Ende der Welt geschwommen.

Plötzlich geschah es, ein Schlag in seinen Rücken überrollte ihn mit unwiderstehlicher Gewalt und drückte ihn unter Wasser. Er schrammte an etwas sehr Hartem vorbei, dass ihm die Haut aufriss. Der erste Impuls war schreien, doch als sehr guter Schwimmer, behielt er die Nerven und stieß sich mit beiden Händen von dem Fremdkörper ab, gewann etwas Abstand und erkannte, dass sich ein Schiffskörper über ihm befand. Mittlerweile war er unter dem Kiel hindurchgetaucht, doch irgendetwas hielt ihn fest, - zog ihn immer wieder unter die Wasseroberfläche. Das große Boot, das ihn überrollt hatte, trieb quer zur See und zog ihn hinter sich her. Durch die weiter draußen entstehenden hohen Wellen, krängte das Boot immer wieder über ihm und drückte ihn jedes Mal, wenn es sich neigte wieder unter die Wasseroberfläche. Immer dann, wenn sich das Boot danach aufrichtete, konnte er kurz über der Wasser-Oberfläche Luft holen. Beim Untertauchen sah er, dass die Badeleiter heruntergeklappt außenbords hing. Um sein rechtes

Bein hatte sich eine Leine vertäut. Doch immer, wenn er versuchte in ihre Richtung zu schwimmen, hinderte ihn ein anderes Tau daran. Mit letzter Kraft tauchte er noch einmal ab und befreite sich aus der Wuling, dann schwamm er zur der Badeleiter, hielt sich zum Durchatmen ein Weilchen dran fest und kletterte vorsichtig nach oben. Als Küsten-Bewohner wusste er, dass man nicht so ohne Weiteres fremde Schiffe entert, man muss schon fragen, ob man an Bord kommen darf. In dieser Beziehung verhielt man sich hier an der Küste sehr penibel, das wusste er. Deshalb rief er laut: „Ist jemand an Bord?", doch er erhielt keine Antwort. Langsam zog er sich hoch und fiel total erschöpft in die Plicht, dann schwanden ihm für kurze Zeit die Sinne. Es war keine Ohnmacht, aber er hatte sich schon durch sein weites hinausschwimmen ziemlich verausgabt und musste erst einmal durchschnaufen.

Nach einiger Zeit erwachte er aus seiner Erschöpfung, er konnte nicht sagen, wie lange er so dagelegen hatte. Vorsichtig schaute er sich ein wenig um und stellte fest, dass er sich auf einer mittelgroßen Segelyacht von ca. 40 Fuß befand. Soweit er es übersehen konnte, war er allein an Bord und fror entsetzlich. Kein Wunder, er hatte seit dem frühen Morgen nichts mehr gegessen, war lange Zeit im Wasser geschwommen und der scharfe Wind hatte die Wärme aus seinem Körper gesogen. Um festzustellen, wo er sich befand, richtete er sich mühsam auf und schaute über Bord. Zu seinem Erschrecken, war rings umher nur ziemlich raue See zu erkennen. Das Schiff lag quer zu den Wellen, die teilweise zerfetzten Segel schlugen gegen die Takelage, es gierte und dümpelte vor sich hin. Die Schot-Tür zum Niedergang stand offen, vorsichtig robbte er auf dem Bauch heran und schaute in den Schiffsrumpf hinein. Ein leichtes verängstigtes Miauen kam ihm entgegen. Sonst nichts, deshalb drehte er sich auf den Bauch und fand mit den Füßen die Stufen. Unten angekommen, stellte er fest, dass er eine ganze Nacht lang an Deck gelegen haben musste, denn die Digital-Uhr am Navigationstisch zeigte den Donnerstag an. Er war aber am Mittwoch-Mittag baden gegangen. Seit 24 Stunden hatte er nun nichts mehr gegessen und getrunken, dass er noch lebte, hatte er seiner guten körperlichen Verfassung zu verdanken. Er schaute sich um und fand in einem Schrank Berge von stillem Wasser in Plastik-Flaschen, griff sich eine und trank sie in großen Zügen leer. Langsam setzten die Schmerzen am Rücken und in den anderen Extremitäten penetrant wieder ein, es fühlte sich an, als hätte er sich mit jemand geprügelt. Da muss doch irgendwo eine Bordapotheke sein, dachte er und suchte danach. Er fand sie in einer Halterung in der Nähe des Niedergangs. Alles was man so an erste Hilfesets und Medikamenten auf See benötigte, war in ausreichender Menge vorhanden. Ein Spiegel, vermutlich für die Feststellung der Atmung bei Ohnmächtigen war auch dabei, damit besah er sich seinen zerschundenen Rücken und das zerfetzte Hemd, das er wegen der Sonne immer beim Schwimmen trug. Sein Rücken hatte am Meisten abbekommen und seine Arme und Beine hatten ebenfalls viele kleine Schrammen und Verletzungen davongetragen. Die Wunden hatten sich durch den Kontakt mit dem Seewasser schon etwas entzündet. In der Pantry fand er einen langen Holz-Kochlöffel und umwickelte ihn mit einem sauberen Geschirrtuch, das er in einem Schapp fand. Er tränkte es großflächig mit antibiotischer Salbe und rieb sich den brennenden Rücken und die verletzten Arme und Beine damit ein.

In einem anderen Schapp fand er saubere Unterwäsche, T-Shirts und eine Seglerhose, die er anzog. Eine farbige Wetterjacke vervollständigte dann noch seine neue Ausrüstung. Bei der Suche nach den Getränken, hatte er auch große Mengen von Lebensmittel-Vorräten gesehen. Der Besitzer der Segelyacht hatte gut vorgesorgt, er musste wohl auf großer Fahrt gewesen sein. Rudolph dachte nicht lange über Diebstahl nach, denn wie heißt es so treffend: „Not kennt kein Gebot", und bediente sich reichlich, bis er gesättigt war. Langsam erwachten seine Lebensgeister wieder und er sah sich auf dem Schiff etwas genauer um, kletterte in die anderen Abteilungen und wäre fast über ein kleines Kätzchen gestolpert, das genauso platt war wie er, denn das Boot machte immer noch Schlingerbewegungen, welche die Magennerven reizten. Wahrscheinlich hatte die Bordkatze schon lange nichts mehr zu Fressen bekommen. Er nahm sie mit in den Salon und gab ihr erst mal etwas zu trinken. Nach einigem Suchen fand er unter den Bodenbrettern auch Katzenfutter in Dosen. Nachdem er vom Niedergang aus noch das Deck inspiziert hatte, war er sich sicher, dass außer ihm und dem kleinen Kätzchen niemand an Bord war. Bei einem Rundumblick sah er nur endlose Wasserwüste. Die Segelreste flatterten zerfetzt in den Taljen, der Großbaum schlug bei jeder Schlingerbewegung in der Lose der Groß-Schot hin und her. Langsam wurde ihm klar, in welcher Lage er sich befand. Er hatte ein herrenloses Schiff geentert und als Küstenbewohner wusste er, dass es damit in seinen Besitz übergegangen war. Es war ihm klar, dass er sich weit draußen in der Nordsee befand und dummerweise hatte er von Schiffen und der Segelei keine Ahnung – wie kam er wieder an Land? Einen Moment lang dachte er nach, - natürlich, jedes Schiff hat doch einen Motor, - oder! - Richtig -, wo ist der Motorschlüssel? Er durchstöberte alle Schubfächer, Klappen und Schab' s, fand aber keinen Motorschlüssel. Doch dann kam ihm die Erkenntnis, na klar -, vielleicht steckte er schlicht und ergreifend im Starterschloss. So war es dann auch, doch als er den Motor starten wollte, gab der keinen Mucks von sich. Wieder dachte er kurz nach, - was macht man bei einem Auto? – Den Tankinhalt prüfen! Doch wie geht das bei einem

Schiff? – Augenblick, da waren doch so Uhren und Anzeigegeräte in der Navigationsecke. Er studierte ein Weilchen die Anzeigen, dann las er Oil. Der Zeiger stand auf der Null, – also keine Chance. Doch dann bemerkte er, dass an der Spannungs-Anzeige auch Null Volt angezeigt wurde, also alles Null. Wieder musste er nachdenken, was war da los? Der Anlasser drehte den Motor durch, - trotzdem keine Spannung angezeigt wurde. Sollte da etwa? - Na klar, es musste mindestens zwei getrennte Batteriesysteme geben. Weitere Startversuche brachten kein Ergebnis, deshalb gab er seine Bemühungen auf. Denn, so dachte er folgerichtig, wenn er jetzt auch noch die Starterbatterien leer orgelte, wäre auch die letzte Chance vertan, den Motor eventuell doch noch starten zu können, um an Land zu kommen. Das Land? Ja wo war es eigentlich, das Land? Er hatte keine Ahnung, jedenfalls irgendwo im Osten, nein im Nord-Osten, oder im Südosten? Na ja, erst einmal hatte er überlebt und alles anders würde er schon noch herausfinden. Obwohl der Himmel bedeckt war, wurde es nur langsam dunkel und auf der anderen Seite blieb es länger hell. Hey -, das ist doch wie zuhause, wenn die Sonne untergeht. Also, dachte er, dann weiß ich nun schon mal, wo ich hinsegeln muss. Unterdessen trieb die Yacht durch den Ozean? Moment, welche Yacht? Er brauchte nicht lange zu suchen, dann fand er das Logbuch unter dem Navigationstisch und auch den zweiten Motor-Starterschlüssel! In großen Lettern stand auf dem Deckel: >Logbuch der Segelyacht: Adventure < (Abenteuer) Na, das passte ja nun wirklich zu seiner prekären Lage, wollte das Schiff, das ihn fast umgebracht hatte, auch noch veräppeln? Nein, dachte er, Schiffe tun so etwas nicht. Oder doch, grinste ihn da nicht eben eine komische Figur dreckig an? Da stand doch tatsächlich eine Matrosenfigur, wie man sie in jedem Accessoire-Laden an den Küsten kaufen konnte und nickte auch noch ständig mit dem Kopf, so ähnlich wie es die nickenden Buddha' s in den Ramschbuden der Touristen-Hochburgen in den orientalischen Ländern tun. Doch dann lenkte ihn wieder das Miauen ab, mit einem kleinen gezielten Satz sprang sie hoch, legte ihren Kopf in seinen Schoß und fing an zu schnurren. Er konnte nicht anders, er musste seine Hand auf das kleine niedliche Köpfchen legen und es zärtlich streicheln. >Na du <, fragte er, >wo hast du denn deinen Skipper gelassen, ist er über Bord gegangen oder habt ihr euch gestritten? Was ist denn passiert? < Sie hob den Kopf, schaute ihn mit ihren großen treuen Katzen-Augen an und maunzte, als wollte sie sagen: >Ich weiß es auch nicht. < „Ach weißt du was, wir schlafen uns jetzt erst mal richtig aus und morgen sehen wir weiter: Ein neuer Tag, ein neues Leben."

Schicksalsschläge

Schlägt das Schicksal zu in aller Schwere,
Es liegt ein Sinn in allen Dingen,
Denn wenn der Schmerz nicht wäre,
Hätte man auch kein Glücksempfinden.

Rei©Men

Kapitel 4 Der Segelschüler

Als er erwachte, schaute er die Lebensmittelvorräte einmal genauer durch. Das Ergebnis war sehr zufriedenstellend, die unverderblichen Vorräte, reichten für mehrere Monate, sogar Katzenfutter war ausreichend vorhanden. Einige frische Lebensmittel, die im Kühlschrank lagerten, musste er wegwerfen, denn die Kühlung hatte mangels Stroms nicht mehr funktioniert. An Deck entdeckte er ein paar große Solarzellen und einen Windgenerator, der fleißig surrte, doch mit den Batterien musste irgendetwas passiert sein, sonst hätten sie ja vollgetankt sein müssen.

Die Ernährungsbasis für ihn und seine Begleitung war also bestens, anders sah es mit seiner Überlebensbilanz aus. Die Manövrier-Möglichkeiten beschränkten sich auf das Ruder. Es ließ sich wohl bewegen, doch um das Schiff in eine bestimmte Richtung zu fahren, fehlte ihm der Antrieb. Er schaute sich die kaputten Segel an und langsam wurde ihm klar, er hatte ja noch einen weiteren Antrieb, den Segelmotor. Wollte er jemals wieder an Land kommen, musste er also segeln lernen. Zunächst schaute er sich im Bücherregal um und fand dort ein Lehrbuch, mit dem nötigen Grundsatz-Wissen. Mit dem Buch in der Hand, ging er an Deck und erlernte die wesentlichen Zusammenhänge zwischen stehendem- und laufendem Gut, Winschen, Schoten, Fallen, Salinge, Vor- und Großsegel. Es war alles vorhanden, nur die Segel waren zerrissen und hingen in Fetzen herunter. Er wollte das Buch schon wieder zurücklegen, da entdeckte er die Klappen auf den Duchten, wo er drauf saß und hob einen Deckel hoch. In den Staukästen lagen eine Menge Säcke, Taue, Leinen, Ersatzanker usw.? – Ersatz -, das war sein gedankliches Stichwort, natürlich, - ein hochseetaugliches Schiff, musste, wenn es über die Weltmeere schipperte, doch auch Ersatzsegel mitführen. Er riss einen der Leinensäcke auf und siehe da, es war mit einem Segel prall gefüllt. An der Schnur baumelte ein Schildchen, darauf stand geschrieben: Groß. Also doch, er war nicht mehr ganz so hilflos, wie er gedacht hatte. An einem anderen Sack hing ein Schildchen: Fock. Weitere Säcke in den anderen Backkisten waren mit Sturmfock, Genua, Spinnacker und Blister gefüllt. All das was er in seinem schlauen Buch gelesen hatte, war vorhanden. Doch wie bekam er diese Schätze an den Mast? >Das war doch hier die Frage?< Zunächst, dachte er, werde ich mal die vorhandenen Segel abmontieren, doch schon beim ersten Handgriff hielt er wieder inne und dachte: >Wenn ich diese Reste entferne, habe ich keine Hinweise mehr wie sie angeschlagen waren. Da das Großsegel gefährlich im Wind hin- und her schlug, beschloss er es zunächst einmal provisorisch zu befestigen. Das Dreieckstuch war im oberen Teil am Mast angeschlagen, aber unten war es aus den Halterungen am Baum herausgerissen. Ein großer Riss ging quer mitten hindurch, doch die beiden Enden mit den Leinen waren noch vorhanden. Er überlegte, welches Ende er zuerst anbinden sollte und entschied sich für die Leine vorn am Mast. „Das ging ja gar nicht so schlecht", dachte er, aber schon beim Versuch das hintere Teil auf dem Baum zu befestigen, scheiterte er auf der ganzen Linie. Je mehr er zog, desto mehr Winddruck bekam er ins Segel, er musste es wieder gehenlassen. Ja, was war denn das nun wieder, je stärker er daran zog, drehte sich das Schiff und nahm Fahrt auf. Aha! So ist das also, kurzerhand legte er es um eine der Winschen und zog das Segel wieder heran. Der gleiche Effekt. Doch dieses Mal ließ er nicht wieder los, sondern schlang es ein paarmal um die Winsch. Als er nachgab, klickerten die Sperrklinken und die Leine rauschte ihm aus den Händen. Aha, also dann anders herum. Jetzt klappte es besser. Diesmal klickerten die Sperrklinken, wenn er zog und die Leine rutschte nicht mehr weg.

Deshalb zog er weiter und holte das Segel immer dichter heran. Dann band er die Leine fest. Hurra, sein erstes Erfolgs- erlebnis, er segelte. Doch nach ein paar hundert Metern, flat- terte das Segel achteraus und das Schiff stand wieder auf der Stelle. Immerhin konnte er nun das Achterlieg, so hatten die das in dem Buch genannt, am Ende des Baumes anbinden. Nun ja, das Schiff machte zwar keine Fahrt, das Großsegel flatterte, doch insgesamt lag das Schiff nun ruhiger, rollte und gierte nicht mehr so stark, damit konnte er im Moment zufrieden sein. Bei der Arbeit war es fast Mittag geworden und eigent- lich Zeit etwas zu essen. Nach dem Essen genehmigte er sich einen kleinen, wohlverdienten Mittagsschlaf. Als er wieder an Deck kam, hatte der Wind aufgefrischt und das Schiff machte gute Fahrt und zu seinem Erstaunen immer in die gleiche Rich- tung. Jedes Mal, wenn der Wind etwas drehte, knarrte es hin- ten am Ruder und es drehte sich leicht nach rechts oder links. Überhaupt das Ruder, da war so ein Edelstahlgestell mit einer Menge Technik und Leinenkram mit Verstell-Schrauben usw. vorhanden, hier fehlte ihm total der Durchblick. Er beobach- tete die Vorgänge eine Zeitlang und kam dahinter, dass das Ru- der sich immer dann bewegte, wenn das Schiff leicht nach links oder rechts von der Hauptrichtung abwich, oder wenn sich der Wind drehte. Er holte sich das Segel-Lehrbuch an Deck und fand unter >Ruderanlagen< die Erklärung. Es handelte sich um eine Windsteueranlage, die das Schiff automatisch auf

Kurs hielt. Unter Vorsegel fand er auch die verschiedenen Segel-Systeme und stellte fest, dass das Schiff kein Rollsystem besaß. Die verschiedenen Vorsegel hießen Sturmfock, Fock, Genua und Blister. Der wurde statt der Fock als Leichtwindsegel verwendet, aber dann las er, dass die Segel nicht verwendet, sondern gefahren werden. Nach und nach eignete er sich beim Lesen schon mal ein paar Begriffe aus der Seemannssprache an. Es hieß also nicht Anker werfen, sondern Anker legen. Es gab hunderte Begriffe, die er alle nicht verstand, hoffte jedoch bald besser durchzublicken. Das Wichtigste war wohl, das kaputte Großsegel auszutauschen. Er zog es aus dem Segelsack, rollte es ein kleines Stück auf und verglich es dann mit den am Mast befindlichen Segelresten, nein, es hieß nicht befindlich, sondern angeschlagen. Im Lehrbuch war auch ein großes Schaubild vorhanden. Das zeigte, wie man mit den sogenannten Fallen die Segel am Mast hochziehen, nein, aufholen und niederholen kann. Nach kurzer Prüfung fand er am Mast das zuständige Fall und machte es vorsichtig los. Das Großsegel fiel ein paar Meter herunter verdrehte sich, dann blieben die Mast-Rutscher in der Nut stecken. Soviel er auch von unten am Segel zerrte, es kam nicht weiter runter und flatterte im Wind. Das Schiff machte nun auch weniger Fahrt. Also, nochmal von vorn, Lehrbuch – Segel setzen – aha – in den Wind fahren. Das Segel musste nach hinten auswehen. Doch um das zu erreichen, musste er die Windsteueranlage dazu bringen, genau in Richtung Wind zu fahren. Leider waren in dem Buch keine Angaben vorhanden, wie man mit einer solchen Anlage umgehen muss. Der Vor-Besitzer der Yacht musste ein sehr penibler Mann gewesen sein, denn auf der Yacht fand er alles sehr wohl geordnet vor. Deshalb nahm er an, das bestimmt auch eine Bedienungsanleitung für die Windsteueranlage, irgendwo in einer Schublade lag. Sie war dann bald gefunden und noch 10 bis 20 weitere, ganz wichtige Bedienungsanleitungen für andere Geräte. Er probierte und studierte mit dem Heft in der Hand an der Windsteuerung herum und war überrascht, wie einfach das war damit zu steuern. Eigentlich hätte er auch ohne Bedienungsanleitung darauf kommen müssen. Da war oben ein Hebel, drehte man ihn in Fahrtrichtung nach links, fuhr das Schiff nach rechts und umgekehrt. Na sowas, wie bei einem Ruderboot. Langsam bewegte er den Hebel nach links, - das Schiff reagierte und legte sich auf die Seite, nein - krängte -, nun drehte er es zur anderen Seite, das Schiff richtete sich auf und kam fast zum Stillstand und oh Wunder, dass Großsegel rutschte von selbst weiter hinunter.

Das Fall rauschte durch die Öse in den Mast hinein, schon war das Segel ganz heruntergefallen. Aha, deshalb heißt das also „Fall". Er wusste nun, wie man ein anderes Segel anschlagen musste und legte das kaputte Segel in den Niedergang. Jetzt schlug er das neue Großsegel am Fall an, steckte die Mast-Rutscher einen nach dem anderen in die Mastnut, so heißt das, dann legte er das Fall um eine Winsch, die sich am Mastfuß befand und zog, zog – doch sehr weit hoch ging es nicht, dann verließen ihn die Kräfte. Also zurück zum Lehrbuch, dort fand er die Erklärung, zu jeder Winsch gehört auch eine Winsch-Kurbel, doch wo finde ich die nun wieder? Auch ganz einfach, beim Niedergang befanden sich zwei Kunststoff-Taschen, die hatte er schon gesehen und da steckten sie drin. Er nahm eine heraus, steckte den Vierkant in die Winsch und kurbelte das Segel nach oben, bis es ganz stramm saß und nicht mehr weiter hochging. Nachdem er auch das hintere Ende, das Schothorn an die dort vorhandene Leine angeschlagen und durchgesetzt hatte, so hieß das, stellte er die Ruderanlage wieder so ein wie sie vorher war. Das kaputte Segel rollte er nun zusammen und steckte es genauso in den Sack, wie er das neue Segel vorgefunden hatte, vielleicht konnte man es reparieren lassen. Das Schiff machte nun bessere Fahrt, weil kein Riss mehr im Segel war. Nun befasste er sich mit dem Vorsegel und entschied, eine neue Fock zu setzen. Das gelang dann auch und nachdem er sie mit der Winsch durchgesetzt hatte, lag die Yacht mit starker Krängung in der See. Segel reffen war das Stichwort, dass kannten auch die Landratten. Doch um so ein Großsegel zu reffen, gehörten schon ein paar Fachkenntnisse dazu. Es gab einfach zu viele Leinen und man konnte nicht genau feststellen, wo sie alle hinliefen. Manche verschwanden im Baum, andere kamen woanders wieder heraus, doch sie hatten verschiedene farbliche Markierungen. Also nahm er erst mal etwas Druck aus dem Groß, indem er die Großschot öffnete. Gleich richtete sich das Schiff wieder auf. Aha, so geht das, er machte die Schot noch weiter auf, doch nun lief das Schiff fast aus dem Ruder, weil nur noch die Fock im Wind stand. Also musste man auch die Fock etwas öffnen.

Wunderbar, wieder was gelernt. Jetzt probierte er das „in den Wind fahren" nochmal, damit alle Leinen am Baum locker wurden. Im Lehrbuch stand auch einiges über das Reffen, er probierte es ein paarmal und dann hatte er den Bogen raus. Das Großsegel war jetzt nur noch halb so groß. Damit konnte er als Anfänger gut leben. Als er dann auch noch die kleine Fock richtig eingestellt hatte, schaute er endlich einmal auf den Kompass am Steuerstand und der zeigte auf Südsüdwest. Das konnte man ja erst einmal so lassen, bis er wusste, wohin seine ungewollte Reise gehen sollte. Die nächste Frage beschäftigte ihn immer dringender? Gab es eine Möglichkeit mit dem Land Kontakt aufzunehmen? Deshalb suchte er nach einem Handy, doch auch dieser Akku war leer, na ja, wahrscheinlich hätte er hier draußen sowieso kein Netz gehabt. „Trotzdem schade", dachte er, denn mit dem GPS-Signal hätte er immerhin seine Position feststellen können und in Google Maps, befindet sich ein weltweites Navigationssystem, dass man auch auf dem Wasser nutzen kann, immer vorausgesetzt, man hat ein Netz zur Verfügung. Sehnsüchtig schaute er auf die vielen Monitore und Anzeigegeräte, doch die schauten ihn genauso traurig an, wie sein kleines Kätzchen und blieben stumm. Was sind wir Menschen doch für hilflose, unglückliche Kreaturen, wenn wir keinen Strom und kein Netz haben. Als Nachgeborener konnte er nicht mehr nachvollziehen, wie frühere Generationen ohne all diese modernen Errungenschaften überlebt hatten. Das war Grund und Anlass genug, einmal gründlich darüber nachzudenken, was im Leben wirklich zählte. Was benötigte ein Mensch wie er wirklich, was war unnötiger Ballast, den man abwerfen konnte und da fiel ihm eine ganze Menge ein.

Innere Einkehr

Mit herben stillen Winden,
Die niemals Ruhe finden,
Die an der Seele nagen,
Die dein Herz anklagen.
Die finde Ruhe zu dir sagen,
Schwingt dich Licht hinauf,
Zum hehren Himmelshaus.
Zu wissen es ist nie zu spät,
Zu suchen deinen Frieden,
Zu finden deinen Weg,
Zu Menschen die dich lieben.

Rei©Men

Kapitel 5 Greetsiel

Eigentlich hatte man alle Nachforschungen angestellt, die mit moderner Technik und Datenkommunikation möglich waren, doch der Tote wurde offenbar nirgends vermisst, hatte keine Papiere, kein Handy dabei, man nahm zwar an, dass er von einem Schiff ins Wasser gefallen war, dass stellten die Pathologen fest, weil er an Händen und Füßen die typischen Hautrisse hatte, wie man sie bei Seeleuten und Fahrten-Seglern findet. In den Lungen hatte er Meerwasser, ein deutliches Zeichen für ertrinken. Seine Kleidung gab auch nicht viel her, er hatte nur einen Bermuda-Short angehabt und die wurden in China zu Hundert-Tausenden hergestellt. Alle Suchanfragen die man überprüft hatte, brachten auch keine Ergebnisse, er wurde anscheinend von niemand gesucht. Nachdem alle Möglichkeiten ausgeschöpft waren, die Identität des angeschwemmten Mannes heraus zu finden, stellte die Polizei die Ermittlungen ein. Der Tote wurde eingeäschert und seine Urne bis auf Weiteres im Krematorium eingelagert. Langsam geriet die Angelegenheit in Vergessenheit, weil solche Ereignisse an der Küste des Öfteren vorkommen.

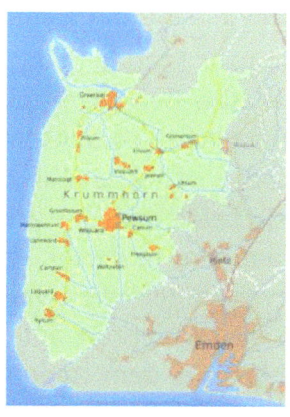

Das noch ein weiterer Mensch schmerzlich vermisst wurde, der nun nicht nur von seiner Mutter, sondern inzwischen auch von seinem Vater und Nina betrauert wurde, schmerzte Fiete am Meisten, denn er hätte seinen Sohn verständlicher Weise gern näher kennengelernt. Es stand auch noch die Frage im Raum, ob er sich seiner Frau Trude offenbaren sollte oder weiter schweigen musste, um seine Ehe zu retten. Deshalb traf er sich heimlich mit Ella. Schon dieses Treffen belastete sein Gewissen und das brachte er auch deutlich zum Ausdruck, als sie sich verabredeten. Ella Kaiser und Fiete Harmsen kannten sich schon aus Kindertagen, mochten sich gern und vielleicht hätte aus den beiden ein Paar werden können, wenn da nicht Trude gewesen wäre. Fiete war ihrer aggressiveren Werbung zum Opfer gefallen. Jedenfalls hatte sie es geschafft ihn an sich zu binden. Damals liebte Ella Fiete schon seit langem, doch Fiete, hatte anderes im Kopf, da waren die Motorräder, das Segeln, seine Kumpel und die Fischerei für ihn viel wichtiger, als Frauen. Ella merkte das und befürchtete, dass er zu dem Zeitpunkt für eine dauerhafte Beziehung noch zu unreif war. Trude dagegen war das egal, sie schnappte Ella den Kerl einfach weg, zog ihn in ihren Bann und schaffte es, dass er sie heiratete. Vielleicht waren auch die wirtschaftlichen Verhältnisse, in denen sie lebte ausschlaggebend, denn Trude' s Familie war reich. So hatte sie ein paar Pfunde mehr, die sie in die Waagschale werfen konnte. Die Beziehung plätscherte dann zwischen Arbeit und anfänglicher Leidenschaft so dahin. Der erhoffte Kindersegen, der oft eine Ehe zusammenschweißt, blieb aus und wenn sie beide ehrlich waren, hielt sie nur noch die Gewohnheit zusammen. In dieser Phase rasten Ella und Fiete bei einem Tanzvergnügen wie zwei Züge, die bisher auf gegenüberliegenden Gleisen fuhren, auf demselben Gleis aufeinander zu, keiner konnte dem anderen ausweichen. Ella liebte ihn aus der Ferne immer noch und gönnte ihm sein scheinbares Glück. Nun aber, hatte er sie zum Tanz aufgefordert, Sie drehten sich im Taumel der Sinne, eng aneinandergeschmiegt und leidenschaftlich erregt im Kreis, doch in Wahrheit nahmen sie nur eine Auszeit vom Alltag. Fiete, sonst ein sehr besonnener Mann, nahm sie bei der Hand und zog sie aus dem Saal, an den Strand, in den Sand, - beide sprachen kein Wort und wie der Dichter sagt: "Sie sprach zu ihm, sie sang zu ihm;/ Da war's um ihn geschehn;/ Halb zog sie ihn, halb sank er hin/ Und ward nicht mehr gesehn". Aber der Alltag hatte sie am nächsten Morgen wieder im Griff. Der Rausch der lang verdrängten Gefühle war vorbei. Neun Monate später wurde Rudolph geboren. Ella zog sich zurück, hatte eine neue Arbeitsstelle in Bremen angenommen und kam erst nach ein paar Jahren mit ihrem Sohn an der Hand wieder nach Greetsiel zurück. Sie wollte einfach vermeiden, dass Fiete Schwierigkeiten in seinem Lebensumfeld bekam und zog ihr Kind, das sie sehr glücklich machte und nun zu ihrem Lebensinhalt wurde, allein auf. Als sie wieder da war, interessierte sich niemand mehr dafür, wer der Vater ihres Sohnes war. Rudolph entwickelte sich bis zum Abschluss seiner Bank-Kaufmanns-Lehre hervorragend und es bestand Anlass und Hoffnung, dass er seine alleinstehende Mutter bald unterstützen würde. Doch es kam anders, denn er zeigte deutliche Anzeichen dafür, dass er seinem Vater, der in seinen Jugendjahren auch ein ganz schöner Filou gewesen war, in nichts nachstand. Anfangs hoffte Ella, dass er so wie Fiete, mit dem Erwachsenwerden seinen Weg in eine glückliche Zukunft machen würde. Dann aber passierten leider die ersten Ausrutscher. Er bekam es mit der Polizei zu tun, trieb sich wochenlang herum, landete mehrfach im Jugendarrest und später wegen kleinen Betrügereien sogar im Gefängnis. Ella schämte sich seinetwegen, dadurch ergab sich auch für sie keine Möglichkeit, den „missratenen Sohn" seinem Vater vorzustellen. Dann kam wieder eine lange Zeit, wo es so schien, als hätte er die Kurve gekriegt. In dieser Phase befand sich Rudolph, als er seine Mutter endlich wieder einmal besuchte. Er hatte sich anscheinend gefangen, aber war dem wirklich so? Nein gestand sie sich ein, was war denn das nun wieder. Alles was er bisher angestellt hatte deutete darauf hin, dass sein erneutes Untertauchen, nur eine neue Variante seines schon oft praktizierten Verschwindens war. Musste er wieder einmal für einige Zeit von der Bildfläche verschwinden? Das fragte sie sich allen Ernstes. Eine Antwort gab es nicht, doch es blieb die Hoffnung, dass er eines schönen Tages wiederauftauchen würde.

Ein paar Wochen später, - sie hatten sich telefonisch verabredet, Ella erklärte Fiete, dass sie viel Zeit benötigen würde, Zeit um ihm alles zu erklären, was in der Zwischenzeit passiert war. Deshalb schlug sie vor, sich im anonymen Bremen zu treffen und hoffte, dass er sich freimachen konnte. Das kleine Hotel am Stadtrand hatte Ella nicht ohne den Hintergedanken ausgesucht, ihn vielleicht zurückzugewinnen. Skrupel hatte sie diesmal keine, denn damals war sie einfach zu dumm und unerfahren gewesen, als es darum ging, Fiete an sich zu binden. Dieser Kampf, der unbemerkt von Fiete lange zwischen den beiden Frauen getobt hatte, war für sie verloren gegangen. Jetzt ging es in die zweite Runde und die wollte sie gewinnen. Dazu hätte sie allzu gern ihren gemeinsamen Sohn in die Waagschale geworfen, denn sie wusste wie sehr Fiete darunter litt, dass er mit Trude keine Kinder hatte. Sie empfing ihn in einem eleganten leichten, enganliegenden Sommerkleid, das ihre weiblichen Formen betonte. Doch, als sie ihm die Zimmertür öffnete, schaute er es überhaupt nicht an, sondern nahm sie wie damals ohne Umschweife in die Arme, küsste sie leidenschaftlich und zog sie durch den Raum zum Bett... Als sie wieder zu sich kamen, fragte er sie: „Hast du auch Hunger"? „Ja, nach mehr von solchen Umarmungen." „Kein Problem, kannst du haben", „und was ist mit Trude?" „Ich habe ihr unseren Sohn gestanden - und sie gestand mir, dass sie schon lange ein Verhältnis mit unserem Oberkellner Jensen hat." „Und jetzt." „So eine dumme Frage, wenn du mich noch willst, heiraten wir sobald ich von Trude geschieden bin. Aber sag mal, hast du etwas von Rudolph gehört?" „Nein, aber ich habe eine Vermutung, doch das ist eine lange Geschichte." Also gut, komm lasst uns essen gehen, dann kannst du mir alles erzählen." Es wurde eine lange Geschichte, in deren Folge Fiete einen immer dickeren Kloß in den Hals bekam. Das hörte sich nicht gut an, was Ella da berichtete. Langsam bekam er Gewissensbisse, weil er sie damals mit dem Kind alleingelassen hatte. Schon des Öfteren hatte er sich Vorwürfe gemacht, weil er bei Trude geblieben war. Dabei war ihm klar gewesen, dass diese Beziehung nur noch auf dem Papier bestand. Er hätte schon damals seine Angelegenheiten regeln müssen, doch dazu hatte ihm der Mut gefehlt. Auch Trude musste das gespürt haben, sonst hätte sie nicht hinter seinem Rücken mit Jensen ein Verhältnis gepflegt. Auch sie musste darunter sehr gelitten haben, dass sie ihn nicht mehr liebte. Jetzt wurde ihm auch klar, warum Ella mit ihrem Sohn jeden Sonntag in den Deichkrug zum Mittagessen gekommen war. Er kam sich wie ein Trottel vor, nie hatte er sich gefragt, wer Rudolph's Vater war. Er hätte sie nur fragen oder einfach einmal nachrechnen müssen. Ella hätte es ihm bestimmt gesagt, da war er sich sicher, denn Lügen oder Ausflüchte, dass gab es bei ihr nicht. Er hatte als Vater vollkommen versagt, kein Wunder, dass trotz guter Anlagen beider Eltern, aus Rudolph ein Herumtreiber und Tunichtgut geworden war. Je mehr Ella erzählte, desto dicker wurde sein Hals und er schwor sich, wenn Rudolph jemals wieder auftauchten sollte, musste er alles versuchen ihn auf den rechten Weg zurückzubringen, das war er ihm schuldig. Vorerst konnte er sich bei Ella nur entschuldigen und Besserung geloben, wenn ihm das Schicksal dazu noch eine Chance geben sollte.

Warum

Wenn die Liebe ist verloren,
zerbrochen ist der Zauberkreis,
aus der Knospe ist geboren,
ein verdorrter, einsam Reis.

Was hülfe es zu heilen,
zerbrochen Porzellan,
Angst, Betrübnis, Leiden,
dahin der schöne Wahn.

Was hülfe es zu zagen,
alle Tränen sind versiegt,
und ein stummes Fragen,
über meiner Seele liegt.

Mensch bedenke bitte,
vertraue dem Geschick,
auch in des Lebens Mitte,
gibt's vielleicht ein neues Glück.

Eine schöne Rose blüht,
aus des Lebens Brunnen quillt,
Hoffnung neu im Herzen glüht,
wenn der Liebe Zauber will.

Rei©Men

Kapitel 6 Die Gelddruckmaschine

Die Reaktionen auf seine Offerte kamen überraschend. Eigentlich hatte Rudolph Kaiser nicht mehr damit gerechnet, diese Option fast abgeschrieben und knobelte schon an einer anderen Geschichte. Er hatte eine äußerst riskante Offerte im Internet veröffentlicht, um schnell und ohne viel Arbeit, an möglichst viel Geld heranzukommen. Die Legende war so dummdreist, dass ein „normaler Mensch" nicht darauf hereinfallen konnte. Aber, wie hatte sein Lehrmeister Benno zu ihm gesagt:

„Jeden Tag steht irgendwo ein Dummer auf, du musst ihn nur finden", wie recht er doch gehabt hatte und ob das mit den Dummen immer noch stimmte, würde sich bald herausstellen.

Die Offerte:

<<< Looser sucht Looser >>>
<<<Grund >>>Existenz Gründung>>>
Wer hat Interesse an einem
>>>Perfektuum-Mobile<<<

Unser Startup Motto:

„Das größte Risiko im Leben ist,
überhaupt kein' s einzugehen"

Rei©Men

Es geht hier nicht um den Aufbau eines großen Unternehmens, das würde viel zu viel Arbeit verursachen. Man benötigt zu viel Kapital, dass man nach Basel 3 von keiner Bank mehr bekommt. Es bleiben also nur noch die privaten Anleger. Wenn Sie bereit sind 100 € zu investieren, erhalten sie einen Anteilschein in gleicher Höhe an diesem Unternehmen. Sie können natürlich auch mehrere Anteilscheine kaufen, oder sie riskieren nicht so viel und warten ab, wie sich Ihre Investition amortisiert. Wir haben einen Business-Plan entwickelt, der Ihnen über Jahre Nebeneinkünfte sichert, ohne dass sie einen Finger krumm machen müssen, weil diese Maschine für Sie und natürlich auch für uns arbeitet, denn jemand muss sie ja bedienen. Allerdings kostet sie ca. Hunderttausend Euronen. Kein Pappenstiel, doch wenn wir zusammen-

legen, können wir sie bald aufstellen. Die produzierten Werkstücke gehen in die Industrie, wir machen pro Bauteil einen Rohgewinn von 0.50 Cent. In einer Stunde stößt sie ca. 200 Werkstücke aus. Das macht in 20 Stunden 4000 x 0,50 € = 2000,00 € abzüglich Betriebskosten von 75 % bleiben pro Tag: = 500 € Gewinn geteilt durch 1000 Einzahler ergibt pro Einzahler 0,50 € pro Tag. Das *heißt, die eingezahlten 100 € sind in ca. 9 Monaten wieder drin, denn Steuern fallen für diese Kapitalrückzahlung nicht an.*

Ab dann wird verdient. 22 Tage x 0,50 Cent = 11 € Rohgewinn pro Monat vor Steuer. Nehmen wir mal an, Sie steigen mit 1000 € ein, dann sind das: 12 Monate x 11 € x 12 Monate = 132 € pro Jahr, also eine Verzinsung von 13,2 %, die Sie zusätzlich als Nebeneinkünfte zu versteuern haben. Was Sie bei einem Einsatz von 10.000 € verdienen, können sie sich nun selber ausrechnen. Wir wollen zur Überprüfung der Risikoanalyse nur eine Maschine aufstellen und dann die Vor-Kalkulation überprüfen. Das heißt, nur die ersten 1000 Einhundert-Euro Einzahler, können in dieser Runde mitmachen, dann ist zunächst einmal stopp.>>> Nachdem die Kalkulation überprüft wurde, können wir weitere Einzahler annehmen und noch mehr Maschinen aufstellen.

Zunächst kamen keine Anfragen. Er hatte ein Konto eingerichtet und hoffte auf die Gierigkeit der Menschen. Doch dann löste sich die Anspannung, denn ein aufmerksamer Zeitgenosse hatte getwittert, dass da wieder einmal einer mit der ältesten Betrugsmasche der Welt, nämlich dem Schneeball-System, am Geld einsammeln sei. Jetzt stritten sich die Protagonisten öffentlich, ob die Anfrage eine alte Masche sei oder ob man dem Initiator trauen durfte. Kaiser hatte nur ein paar Tage um eine plausible Antwort zu geben, doch ab diesem Moment erkannte er den Ernst der Lage und reagierte überlegt. Er war auf so eine Entwicklung keinesfalls vorbereitet, doch dann besann er sich auf seine Ausbildung zum Bankkaufmann und da hatte er so einiges gelernt, wie man Seriosität simulieren kann, ohne wirklich seriös zu sein. Er gründete ein Treuhandkonto bei der German-Bank, seinem früheren Arbeitgeber. Als Treuhänder setzte er ein paar alte Arbeitskollegen ein, Leute, die sich ein Leben lang geschunden hatten und trotzdem nie auf einen „*grünen Zweig*" gekommen waren. Dabei hatte er ein gutes Händchen, denn er kannte ja seine Pappenheimer aus seiner Tätigkeit bei diesem Institut ganz genau. Es waren durchweg im Dienst ergraute alte Mädchen und Knaben, die es noch einmal wissen wollten und dafür bereit waren ein gewisses Risiko einzuplanen. Mit diesem Coup zog er zwar seinen Hals nicht ganz aus der Schlinge, aber er verteilte es auf mehrere Schultern, schaffte sozusagen eine breitere Basis für seine Glaubwürdigkeit. Das Ergebnis war überraschend und zugleich ein durchschlagender Erfolg. Innerhalb von ein paar Tagen gingen auf den Konten der Treuhand-Group mehrere hunderttausend Euro ein. Ursprünglich wollte er ja nur Einhunderttausend Euro einsammeln, Was solls er konnte ja niemandem verbieten mehr Geld zu investieren. Er konnte seine Glückssträhne kaum fassen, aber zugleich dachte er darüber nach, ob seine ursprüngliche Idee wirklich so erfolgversprechend war, wie er sich das ausgemalt hatte, immerhin war sie auch mit sehr viel Arbeit und einem hohen Verlustrisiko verbunden, wenn er die Produkte nicht an den Mann/Frau bringen konnte. Da lag es doch nahe, gleich aus diesem Geld, noch mehr Geld zu machen. Dazu brauchte er nur Maschinen und leerstehende Werkhallen, ein paar Computer und ein paar CNC Spezialisten. Auf seinem Schweizer Konto hatte sich inzwischen schon die erste Million aus anderen >Geschäften< angesammelt, deshalb wählte er die einfachere Option, von den Einzahlungen etwas mehr für sich abzuzweigen, aber nur so viel, wie es der Staatsanwalt erlaubte, der Schneeball würde schon noch ein Weilchen weiterrollen. Tat er das nicht, wie gewünscht, konnte er den Coup immer noch abblasen, indem er einen regulären Konkurs anmeldete. Keiner konnte ihm dann an den Wagen fahren.

Der Zufall wollte es dann, dass er im Internet eine Offerte fand, da suchte jemand einen Job. Er arbeitete als CNC und IT-

Spezialist in einer Firma in Hamburg und wollte sich verändern. Die Telefonnummer war dabei, >na ja <, dachte er, >dann rufe ich gleich mal an, mal sehen was der Typ draufhat, man kann ja nie wissen was dabei herauskommt <. Das Telefon-Gespräch mit Herrn Petersen fiel positiv aus, deshalb verabredeten sie ein Treffen. Petersen wollte nach Berlin kommen, aber Rudolph dachte, ich schaue mir den lieber mal in seinem persönlichen Umfeld etwas genauer an, fuhr nach Hamburg und war überrascht, was für einen guten Eindruck der Mann machte. Er war 40 Jahre alt, verheiratet, hatte zwei Kinder und wohnte mit seiner Familie im eigenen Haus. Vor der Tür standen zwei größere Wagen, „na ja", - dachte er, „die könnten geleast sein." Der Garten war sehr gepflegt und auch sonst machte das Grundstück einen sehr guten Eindruck. Mit seiner Frau, die ihm die Haustür öffnete, stimmte die Chemie sofort. Sie arbeitete in der gleichen Firma wie ihr Mann. Wie sie gleich berichtete, hatten sie sich dort kennengelernt. Dass sie sehr gut kochen konnte, merkte er dann beim Mittagessen, zu dem sie ihn spontan einlud und Rudolph war in Bezug auf Essen von seiner Mutter Ella, eher etwas verwöhnt. Sie war ihm sofort vom ersten Kontakt an sympathisch gewesen und aus Erfahrung wusste er, dass dieser Umstand für eine geschäftliche Beziehung wichtig war, weil Frauen oft ihre Männer stark beeinflussen, was das Verhalten gegenüber ihren Chefs angeht.

Rudolph hatte bewusst den Samstag für das Treffen gewählt, da bestand dann eher die Gelegenheit die gesamte Familie kennenzulernen. Schon beim Mittagessen erfuhr er auch den Grund, weshalb sich die Petersens verändern wollten. Es ging wie so oft im Leben, um nicht eingehaltene Versprechungen. Sein Chef hatte Petersen versprochen, ihm Geschäftsanteile zu übertragen, wenn er in Pension geht und diese Zusage nicht eingehalten. Petersen war nun aber in einem Alter, das die Richtung für seine weitere berufliche Entwicklung vorgab. Er

war noch jung genug, etwas Neues oder Selbständiges anzu-
fangen oder für andere malochen, bis es dafür zu spät war. Er
hatte mehrfach mit seinem Chef darüber diskutiert, wurde
aber weiter vertröstet. Deshalb hatte er sich nach einer neuen
Ausrichtung seiner Aktivitäten umgeschaut.

Das Problem für ihn war jedoch, dass er sich mit seinem Fami-
lienumfeld, nicht so ohne Weiteres umorientieren konnte. Das
hätte zu viele Einschnitte, vor allem für seine Kinder bedeutet.
Dazu kam, dass seine Frau diese Firma eigentlich auch verlassen musste, wenn er ging und ihrerseits dann selbst einen
neuen Job brauchte. Außerdem wollte er ja nicht nur in eine
andere Firma wechseln, sondern suchte nach einer Aufstiegs-
Möglichkeit, ja eigentlich, nach einer langfristigen Zukunfts-
perspektive. Also insgesamt sehr komplexe Verhältnisse für
die Petersens. Allerdings nicht für Rudolph, denn ihm war es
egal wo die Firma arbeiten würde. Nachdem er das alles erfahren hatte, fragte er nach den Gehaltsforderungen von beiden
Eheleuten. Petersen war erstaunt, warum Rudolph auch die
Gehaltsvorstellungen von Frau Petersen erfahren wollte und
erklärte, dass er bei seinen Berechnungen natürlich auch eine
Zweitwohnung für sich in Berlin einkalkuliert hatte und diese
Mehrkosten mussten sich natürlich in seinen Gehaltsforderungen ausdrücken. Rudolph sagte dann kurz und knapp zu den
Petersens: „Sie brauchen keine Zweitwohnung, weil die Firma
hier in Hamburg arbeiten wird." Die Petersens sahen sich erstaunt an und fragten: „Ja, wie heißt denn Ihre Firma, wenn
Sie in der Branche arbeiten, müssten wir Sie ja eigentlich kennen." Rudolph antwortete: „Nein, diese Firma muss erst noch
gegründet werden". Dann entwickelte er den Petersens seinen Plan, der während des Gespräches immer mehr Konturen,
Eckpunkte und Alternativen bekam. „Allerdings", sagte er
dann, „ich muss darauf bestehen, dass Sie, Herr Petersen nicht
nur Geschäftsführer werden, sondern auch Anteile an der

Firma zeichnen. Wieviel Geld könnten sie denn beisteuern? Ich selbst bin mit, na sagen wir mal 500.000,00€ dabei. Sie sollten mindestens 100.000,00 übernehmen, dafür überlasse ich Ihnen 20 %. Allerdings werde ich kaum mitarbeiten können, ich bin gelernter Banker und habe von Zerspanungstechnik keine Ahnung." Zu seinem Erstaunen, wollten die Petersens dann doch eine größere Summe einbringen, „Also, Herr Kaiser, - eigentlich hatte ich schon lange vor, mich in der Branche selbständig zu machen, doch dazu fehlte mir das nötige Kleingeld, ich kann mir aber vorstellen 200.000,00€ einzubringen und später noch einen Betrag nachzuschießen, wie sieht es denn bei Ihnen aus, ist Ihre Kapitaldecke ausreichend, wenn wir weiter investieren müssen." „Da machen Sie sich mal keine Sorgen, ich lege nicht gern alle Eier in einen Korb, wenn das klappt, sehen wir weiter, wir haben ja bisher noch keine Bankkredite mit in die Überlegungen einbezogen, sie können sich denken, dass wir, wenn nötig, dieses Potential, auch einsetzen könnten, wozu bin ich denn gelernter Banker."

Frau Petersen holte nun auch ihre beiden Kinder von draußen herein, um sie mit Rudolph besser bekannt zu machen. Das sollte gleichzeitig anzeigen, dass sich von nun an die ganze Familie ernsthaft mit der neuen Situation anfreunden wollte. Rudolph und Petersen befassten sich nun schon mit der Firmengründung und den fachlichen Details, wo ihm Petersen, haushoch überlegen war. Rudolph dagegen war der Finanzmann, so war zu erwarten, dass die Firma ein Erfolg werden konnte. Als sie soweit mit allem durch waren, fragte Petersen: „Sagen Sie mal, Herr Kaiser, wie sind Sie denn auf die Idee gekommen eine CNC-Spezialfirma zu gründen, wenn Sie doch offensichtlich von der Materie keine, ich bitte um Entschuldigung, keine Ahnung haben." „Auf diese Frage habe ich schon lange gewartet. Ich habe in meiner Zeit als Bankkaufmann viel mit Firmengründern zu tun gehabt, daher weiß ich in etwa, welche Branchen Zukunft haben und das sind IT, CNC, und Automation. Ich habe einfach mal einen Versuchsballon gestartet und Sie sehen ja nun selbst, was daraus geworden ist. Was die Geldbeschaffung angeht, werde ich noch ein Existenzgründer - Darlehen bei unseren zukünftigen Hausbanken beantragen. Wir werden nach meiner Einschätzung ca. 500.000,00 zusätzliches Kapital bekommen." „Haben Sie noch Reserven? Ich frage das nur, damit ich bei den Anschaffungen die Übersicht behalte, was wir uns leisten können", meinte Petersen. „Einverstanden, aber meine eisernen Reserven möchte ich nicht angreifen, ich denke Sie werden das verstehen, außerdem dürfte die Summe von über einer Million Euro für den Anfang reichen." Dabei verschwieg Rudolph seinem zukünftigen Geschäftspartner den Trick mit den stillen Teilhabern, die er mit seiner Annonce akquiriert hatte. Das war seine Privatsache, einschließlich der anfallenden Verzinsung. Nach dem Abendessen, zu dem Rudolph die Familie in ein Restaurant eingeladen hatte, machten sie einen langen Spaziergang an der Alster, bei dem die weiteren Details der Firmengründung besprochen wurden. Rudolph sicherte Petersen bis zu einer Summe von 250.000,00 € völlig freie Hand zu und versprach bald in die Nähe der Firma umzuziehen. Weitere Details wollten sie telefonisch besprechen, wenn Petersen einen Termin für die Firmengründung haben würde. Als Petersen dann anrief, wurde die Firma bei einem Notar gegründet, die Petersens kündigten und begannen mit den Aufbauarbeiten. Da er in der Branche bekannt war, öffnete sich manche Tür fast von selbst. Soviel Spaß und Freude an der Arbeit hatte er schon lange nicht mehr gespürt und deshalb hing er sich voll in dieses neue Abenteuer hinein. Mit seinen Branchenkenntnissen wusste er auch, wo die Schwachstellen in der Branche lagen und konnte genau dort ansetzen, wo andere Firmen Lücken aufwiesen. Wie so üblich gingen auch ein paar unzufriedene Mitarbeiter seines alten Arbeitgebers, einschließlich seiner Frau zu ihm über, das erleichterte ihm diesen Neubeginn ungemein. Als sein alter Chef seine Kündigung erhielt, hörte er nicht auf zu jammern, was er nicht alles für ihn getan hätte und nun wolle er ihm Konkurrenz machen. Petersen hielt dagegen, dass er ihn immer nur mit Versprechungen hingehalten hätte. „Ach was, ich wollte ja sowieso in Rente gehen, von mir aus können sie die ganze Firma haben". „Was soll sie denn kosten?" Petersen kannte natürlich den Wert der Firma und sie wurden sich schnell über eine Übernahme-Summe einig. Rudolph war schon auf dem Weg zu seiner Mutter, da erhielt er über E-Mails und telefonisch diese Nachricht. Er hatte sich sowieso vorgenommen bei Petersen vorbeizuschauen, denn er wurde langsam neugierig, was die inzwischen aufgebaut hatten, deshalb verabredeten sie einen Besuchstermin in Hamburg.

Er war dann doch überrascht, was Petersen inzwischen geleistet hatte. Das schaffte Vertrauen und Sicherheit für die Erweiterung der Firma. Petersen wollte sowieso die Produktions-Basis bald erweitern und schlug zusätzliche Kapitaleinlagen vor. Allerdings wollte er dann weitere Geschäftsanteile haben. Sie einigten sich auf 40 % für Petersen und 60 % für Kaiser. Bei einer Million zusätzlich, also 400.000,00 für Petersen und 600.000,00 für Kaiser wurden sie sich einig, und, dass Rudolph sich in Zukunft mehr um die Firma kümmern und dann bald voll mitarbeiten sollte. Erst zum Ende des Gespräches erzählte Petersen von der Vakanz und der Möglichkeit die ganze Firma seines alten Chefs zu übernehmen, merkte jedoch an, dass er nun kein Geld mehr auftreiben könne. „Rufen sie gleich mal dort an, ich möchte mir den Betrieb ansehen", bat er ihn. Die Kaufsumme von fünf Millionen konnte aber auch Rudolph nicht stemmen, deshalb machte er dem Inhaber, Herrn Helmberger den Vorschlag, weiterhin mit 2,5 Millionen als stiller Teilhaber in der Firma zu bleiben, eine Million konnte Rudolph locker machen, ohne sich ganz zu entblößen, die restliche Summe sollte in Raten abbezahlt werden. Nach Ende des Gespräches setzte er sich an seinen Laptop und überwies seinen Anteil von 1600.000,00 € auf die Geschäftskonten der Firma. Damit war für ihn ein neuer Lebensabschnitt eingeläutet, an den er sich erst einmal gewöhnen musste, er war jetzt plötzlich ein seriöser Geschäftsmann geworden und hatte Verantwortung, der er gerecht werden musste. Er sagte sich, immer schön langsam und eins nach dem anderen. Bevor er richtig einstieg, musste er erst mal seine persönlichen Verhältnisse abklären und da gab es noch einiges zu tun. Seine größte Sorge war, dass seine ehemaligen „Geschäftsfreunde" immer noch nach ihm suchten, sie wollten ihre Rache haben, doch diese Pläne musste er unbedingt durchkreuzen.

Kapitel 7 Verloren auf hoher See

Dreimal hatte er nun schon das schlaue Segel-Lehrbuch durchgearbeitet, mit den Arbeiten an Bord ging es immer besser, doch er wusste immer noch nicht, wo er sich in den Weiten der Nordsee befand. Klar, er war sehr weit nach Westen abgetrieben, inzwischen hatte er so viel dazu gelernt, dass er die grundsätzlichen Seglerfertigkeiten einigermaßen beherrschte. Immer von der Theorie zur Praxis und „learning by doing", hatte er seiner Meinung nach, gute Fortschritte gemacht. Doch in seinem Lehrbuch stand nicht viel von Stürmen, hohem Wellengang, terrestrischer Navigation und digitaler Kommunikation drin. Im Regal fand sich jedoch eine schöne Sammlung Bücher, von Seglern für Segler geschrieben, Erfahrungsberichte usw. Zum Beispiel von James Cook, Eric Hiscock, Bernard Moitessier, Joshua Slokum, Bobby Schenk, Wilfried Erdmann, Arwed Fuchs, Krystyna Chojnowska-Liskiewicz, Rollo Gebhard, und anderen mehr oder weniger berühmten Seefahrern. Von dessen Erfahrungen wollte er profitieren, doch dazu benötigte er Zeit, die er eigentlich nicht hatte. Die Windsteueranlage hatte er jetzt oft ausgeschaltet, saß im Cockpit, die Hände am Steuerrad und versuchte Kurs zu halten, so wollte er seine seglerischen Fertigkeiten verbessern. Wenn die Steueranlage eingeschaltet war, las er im Buch oder überdachte seine prekäre Lage. Eines war ihm inzwischen klargeworden, nach Europa wollte er nicht mehr zurück, denn er ging davon aus, dass seine Gelddruckmaschine inzwischen aufgeflogen war und ihn zuhause der Staatsanwalt erwarten würde, denn er konnte sich ja in dieser Situation nicht um seine Geldgeber kümmern und ihnen ihre Gewinne auszahlen. Von der tatsächlich stattgefundenen Firmengründung wusste ja nur er etwas. Insofern hatte ihm das Schicksal eine unfassbare Option in die Hände gespielt, denn in Deutschland suchte man ihn bestimmt nicht mehr und auch niemand auf hoher See, man hielt ihn bestimmt für tot. Das gab ihm die Zeit seine persönlichen Dinge wieder in Ordnung zu bringen. Nina, seine geliebte Nina, beschäftigte ihn in manchen durchwachten Nächten, wenn er dick eingemummt im Steuerstand saß und über sein leichtfertiges Leben nachdachte. Wusste sie, dass er vermisst wurde, wartete sie noch auf eine Nachricht von ihm? Hatten die Behörden oder seine Mutter mit ihr Kontakt aufgenommen? Alles Fragen die er klären wollte, wenn er jemals das Land wiedersehen würde. In Wirklichkeit hatte er inzwischen eine Abneigung gegen das Land entwickelt, was sollte er dort, hier war er frei wie ein Vogel im Wind, was er wollte war Nina, sie fehlte ihm unsäglich. Beides aber konnte er nicht haben, wenn er mit ihr zusammenleben wollte, musste er reinen Tisch machen. Nina würde ihm seine Kapriolen bestimmt verzeihen, aber nur, wenn er ihr versprach ab sofort ein „anständiges Leben" zu führen, so schätzte er seine momentane Lage emotionslos ein.

Nach und nach lernte er nun auch besser mit den Segeln und der Windsteuerung umzugehen, dadurch war es möglich geworden, längere Zeiten in „seinen Büchern" zu schmökern. Indessen, es war unerlässlich an Land einen richtigen Segelkurs zu belegen, doch erst einmal kämpfte er sich nach Westen durch, wo das Meer ihn letztlich an Land spülen würde war ihm eigentlich egal. Es sollte nur nicht zu hoch im Norden geschehen, dort war es ihm zu kalt. Von Navigation hatte er nach wie vor keinen blassen Dunst, doch an den niedrigen Temperaturen merkte er, dass er sich zu hoch im Norden befand und steuerte nun, wenn es der Wind erlaubte weiter südlich. Den Namen des Schiffes, hatte er schon wieder vergessen, wie hieß es denn bloß. Er schaute noch einmal auf den Deckel des Logbuches und prägte sich den Namen „Adventure" dieses Mal gut ein. Sollte es ihm je gelingen an Land zu kommen, würde man ihn sicherlich danach fragen. Wenn er ihn nicht wusste, konnte das sofort seine Glaubwürdigkeit zerstören.

Seine Gewohnheiten an Bord des fremden Schiffes und die Tag- und Nachtwachen hatten sich eingeschliffen. Er segelte meistens in der Nacht und schlief tagsüber, denn in der Dunkelheit konnte er sehr leicht von einem großen Schiff übersehen werden. Tagsüber jedoch sahen ihn die anderen besser, dann ruhte er im Salon der Yacht, so konnte er immer schnell an Deck gelangen. Das Kätzchen hatte sich seinem Tages-Rhythmus erstaunlich gut angepasst, sie frühstückten zusammen und sie lebten zusammen. Zwei unterschiedliche Individuen, beide Einzelgänger, die durch die Einsamkeit der Weltmeere zueinander gefunden hatten, um nicht mehr so grausam verlassen zu sein. Durch seine Vergesslichkeit, so fragte er sich, wie konnte er den Schiffsnamen zweimal vergessen? Der stand doch immer an den Schiffen außen am Bug aufgemalt und manchmal schön verziert dran. Plötzlich kam er auf die Idee, sich eine neue Identität zuzulegen und was lag da näher, als in die Identität des Schiffseigners zu schlüpfen, dadurch konnte er viele Fragen, die bei seiner Anlandung auf ihn zukamen vermeiden. Er hatte schon viele Accessoires seines Vorgängers entdeckt und obwohl sie nicht seinem Geschmack entsprachen, passten ihm immerhin seine Kleidungsstücke ganz gut. Er hieß Karl Heinz Borchert, war ein paar Jahre älter als er, doch das würde niemand merken, stammte aus Wien und sein Passbild war auch schon ein paar Jahre alt, das konnte man in den USA bestimmt von einem geschickten Fälscher mal austauschen lassen. Die Bankauszüge, die er gefunden hatte, wiesen ausgeglichene Konten auf, das war für ihn kein Problem, er würde es nicht anrühren. Das Einzige, was er aus seinem alten Leben gerettet hatte, war die nackte Haut, die Geheimnummer seines Schweizer Bankkontos, das prall gefüllt war, die IP-Adresse seiner Computer-Daten in einer Cloud und natürlich sein schlechtes Gewissen. Die Unterlagen von Borchert wiesen aus, dass er vor fünf Monaten in Freeport auf den Bahamas ausklariert hatte. Er durfte also keinesfalls dort wieder an Land gehen, weil die Gefahr bestand, dass irgendjemand die Yacht erkannte. Offenbar war Borchert von dort aus auf dem Weg nach Europa gewesen und hatte das Mittelmeer besucht. Aus dem Logbucheinträgen ging hervor, dass er aus dem Mittelmeer kommend die englische Küste gestreift, sich dann nach Norden gewandt hatte und in dem Sturm vor der deutschen Küste verloren gegangen war. Der letzte Eintrag lautete: Kurs abgesetzt 43 Grad Nordost, Richtung Nordostseekanal, also hatte er vor die Ostsee zu bereisen. Das Problem war natürlich jetzt einen plausiblen Grund zu finden, warum er den Kurs wieder in Richtung Nordamerika geändert hatte. Doch dazu würde ihm schon noch etwas einfallen, man konnte ja den Ausfall der elektrischen Systeme als Grund nennen, wenn jemand danach fragen sollte. Ein weiteres Problem war, die Handschrift von Bochert zu kopieren. Bei ruhiger See versuchte er es immer wieder, doch Borchert schrieb minimalinvasiv, die kleinste Handschrift die er je gesehen hatte. Soviel er auch probierte, es gelang ihm nicht annähernd. Jeder Mensch, der des Schreibens kundig ist, hätte es bemerkt. Als er das Logbuch genauer inspizierte, verfiel er auf eine ziemlich glaubhafte Variante. Eine Methode, die durchaus einleuchtend ist, denn Borchert hatte sie auch angewandt. Immer, wenn die See rauer ging, hatte er die Logbucheintragungen in Druckschrift gemacht. Das war es, eine Druckschrift konnte man viel leichter kopieren und nachmachen, als eine Handschrift. Immer wenn seine Zeit und eine ruhige See es erlaubten, übte er fleißig und mit Akribie seine neue Druckschrift und Borcherts Unterschrift, solange, bis er vergessen hatte, wie er vorher geschrieben hatte. Nach und nach durchstöberte er das gesamte Schiff nach Hinweisen auf die Persönlichkeit von Borchert, denn er musste alles über ihn herausfinden und das waren tausend Dinge, die ein gelebtes Leben einrahmen und widerspiegeln. In den Schapps fand er auch ein Fotoalbum, das ihn öfters mit einer Frau zeigte, aber niemals in Zusammenhang mit dieser Yacht. Borchert hatte auch einen Laptop hinterlassen, doch die Batterien hatten keinen Saft mehr. Schade, denn E-Mails, Korrespondenzen, Bankauszüge, Rechnungen von Reparaturen, all das befand sich sicher in den Sphären dieses Riesenrades der digitalen Welten. Auf der Saling sah man eine flachrunde Kapsel, wie er sie schon auf Schiffen und Wohnmobilen gesehen hatte, sie dienten der weltweiten Satelliten-Kommunikation, das wusste er. Eine Radarantenne war auch vorhanden, wie man die nutzte erschloss sich ihm allerdings nicht. Das hatte alles noch ein wenig Zeit, denn als Europäer konnte er in den USA jederzeit Sprach-Probleme simulieren, wenn er auf gestellte Fragen keine glaubwürdigen Antworten geben konnte.

In der Nacht zogen düstere Wolken auf, der Wind drehte immer mehr auf Nordwest. Alle paar Stunden musste er den Kurs anpassen, leider fiel er mit seinen selbst erlernten Amwind-Kursen, immer weiter nach Süden ab. Gut, dachte er, ich will ja auch südlicher an Land gehen. Gegen drei Uhr frischte es weiter auf, in Böen von 6 – 7 Beaufort krängte die Yacht stark nach Lee. (Windabgewandte Seite) Rudolph half sich zunächst dadurch, dass er die Segel weiter öffnete. Bald half das nicht mehr und jedes Mal, wenn die Yacht in ein Wellental eintauchte, peitschte der Starkwind tonnenweise Seewasser ins Segel, dadurch krängte sie noch mehr und brauchte ewig, bis sie sich wieder aufrichtete. Unter Lebensgefahr über Bord zu gehen, ging er in den Wind, ließ das Groß-Segel in die Lazi-Jaks fallen und zog unter vielen Mühen den Reißverschluss von der Persenning zu. Erst jetzt merkte er, dass er total durchgefroren war und zog sich warme, wetterfeste Kleidung an. Als er dann auch die Sturmfock gesetzt hatte, schien es so, als ob er es geschafft hätte. Wieder hatte er etwas Wichtiges gelernt. Man muss ein Schiff Sturmfest machen, bevor der Zauber losgeht, dazu gehören auch ein paar Fresspakete, und jetzt wusste er plötzlich, warum für eine Person zwei so riesengroße Thermoskannen an Bord waren, nämlich eine für den Kaffee und die andere für den heißen Tee. Inzwischen hatte er in allen Büchern an Deck gestöbert und viel über die Segelei gelernt. Er las auch von überstandenen Stürmen und sog alles in sich hinein, was ihn in seiner speziellen Situation weiterbringen konnte. Sein Wissen über das Seemannshandwerk war ständig gewachsen, inzwischen konnte er sogar ein paar Seemannsknoten knüpfen und hatte gelernt, wie man Amwind-Kurse segelt. Doch immer, wenn der Wind auf westliche Richtungen drehte, trieb es ihn wieder über die vorher schon erreichten Positionen zurück nach Osten. Er traute sich einfach nicht zu Halsen, das heißt, mit dem Heck durch den Wind zu gehen, wenn er aus der anderen Richtung kam. Anfangs holte er die Segel ein und ließ sich treiben. Dann versuchte er es mit der Genua vor dem Wind zu segeln. Dadurch kam das Schiff bei stärkeren Winden ins Schlingern, er konnte den Kurs nicht halten und außerdem wurde ihm speiübel. Dann sah er in seinen Büchern ein Schiff, das hatte beiderseits vom Mast seine Segel aufgespannt, nein wie hieß das, ach ja, richtig gesetzt. Schmetterling segeln, nannten das die Fachleute, er probierte es einfach mal und es klappte hervorragend, das Schmetterling-Segeln vor dem Wind, so stand es in den Segelbüchern. Aha, so macht man das, aber es war noch ein weiter Weg bis alles klappte. Immer wieder sauste der Mastbaum über das Deck und er musste den Kopf einziehen. Einmal wäre er fast über Bord gegangen. Das Halsen unter vollen Segeln traute er sich noch nicht zu, lieber nahm er alle Segel herunter, drehte das Schiff herum und setzte sie neu. Inzwischen hatte er auch gelernt, dasss man immer eine Rettungsweste und Lifebelts (Sicherheitsgurte) tragen musste, um sich bei Arbeiten an Deck mit den Sicherheitsleinen und den Karabinerhaken absichern zu können. Andere Einhandsegler zogen ein Tau hinterher, so stand es in einem Buch, das konnte man im Notfall greifen, wenn man über Bord ging und sich wieder an Deck ziehen. Eine gute Idee, wie er meinte und brachte gleich eine lange Leine achtern aus. Doch bald merkte er, dass sie sich bei Manövern um das ganze Schiff herumwickelte. In Zukunft zog er sie vor Manövern erst wieder ein. Nach und nach hatte er an Deck immer mehr Arbeit und der Tag, an dem er eigentlich schlafen wollte, wurde immer kürzer. Offensichtlich machte er jetzt vieles besser, denn er kam wesentlich schneller voran. Als nächstes hatte er die Idee, den Großbaum an Deck festzubinden, damit er ihn nicht erschlagen konnte. Beim weiteren Studium der Bücher fand er auch dafür eine seemännische Bezeichnung. >Der Bullenstander<, er wusste zwar nicht wer, oder warum man diese Bezeichnung erfunden hatte, konnte sich aber vorstellen, dass man damit auch einen Bullen bändigen konnte, warum nicht auch einen Großbaum. Durch das Studium der Bücher war sein Wissen über das Seemannshandwerk ständig gewachsen. Er konnte inzwischen ein paar Knoten stecken, Segel setzen, bergen, reffen, Winschen bedienen und die Segel einstellen. Abends, wenn die Sonne unterging musste er allerdings sein Studium einstellen, denn er hatte keinen Strom. Die Solarzellen und der Windgenerator lieferten genug Strom, doch er konnte ihn nicht nutzen, weil seine Batterien den Geist aufgegeben hatten. Das ganze System hatte vermutlich einen Kurzschluss und sein technisches Verständnis reichte nicht aus, daran etwas zu ändern. Immerhin hatte er es geschafft den Propeller abzustellen, denn das ewige Surren ging ihm schon lange auf die Nerven. Jetzt merkte er, was für ein Tagträumer er gewesen war, wenn er das Land jemals wieder betreten sollte, musste er sich all diese handwerklichen Fertigkeiten unbedingt aneignen, das nahm er sich vor.

Die Aufzeichnungen im Bordbuch ergaben, dass das Schiff nur ein, zwei Tage ohne die Besatzung Richtung Küste gedriftet war, bevor es ihn überfuhr, denn über diesen Zeitraum waren im Logbuch keine Einträge zu finden. Immer wieder fragte er sich, ob Borchert noch lebte? Die theoretische Möglichkeit bestand, er dachte nochmal intensiv darüber nach, wie er das herausfinden konnte und verfiel auf das Logbuch. Welche Position hatte Borchert zuletzt eingetragen? Er schaute in die Karte des Nordatlantiks und machte mit dem Bleistift ein Kreuz hinein. Ungefähr dort, wo er den Längengrad vom Karten-Rand her verlängern konnte zog er eine Linie längs über die ganze Karte und kam auf 3 – 4 Längen-Grade bis zur norddeutschen Küste. Wie groß ist der Abstand zwischen den Längengraden? Fragte er sich, wenn er das herausfand, konnte er den ungefähren Abstand zur Küste bestimmen. In einem Buch stand, dass in nordeuropäischen Gewässern die Längengrade ca. 70 km auseinanderliegen. Das bedeutete, dass es vom anzunehmenden Unfallort zu den Küsten ca. 200 km Abstand waren. Wenn er Mann nicht zufällig von einem Schiff gerettet worden war, konnte er nicht mehr leben, denn die Rettungsinsel und das Dinghi waren noch an Bord. Die Logbuch-Eintragungen besagten, dass er in einen Sturm mit 7 – 8 Beaufort geraten war, dass ließ nur einen Schluss zu, dass er über Bord gegangen und ertrunken sein musste.

Seit ein zwei Tagen trieb er jetzt in einer Flaute, das war die Gelegenheit, einmal schwimmen zu gehen. Die Segel hatte er schon lange eingeholt, nun klappte er die Badeleiter runter, warf er den Rettungskragen mit der Schwimmleine über Bord und sprang hinterher, so wie ihn sein Schöpfer geschaffen hatte. Zum ersten Mal sah er das Schiff von außerhalb. Selbst ohne Besegelung war es eine Schönheit in die man sich verlieben musste. Er hatte angebissen, es hatte ihn gepackt, ohne dass er sich dagegen wehren konnte, war er zum Segler geworden und dachte daran, es über das gegenwärtige Abenteuer hinaus zu bleiben. Lebens-Mittel und Treibstoffe waren noch reichlich vorhanden. Nur die Einsamkeit und die beängstigende Weite des Ozeans machten ihm mehr zu schaffen, als er sich eingestehen wollte. Nachts saß er an Deck und studierte den Sternenhimmel, einen Himmel, wie er ihn bisher nicht gekannt und vorher in den Großstätten nie gesehen hatte. Nach und nach lernte er auch, die Himmelsrichtung nach den Sternen zu bestimmen, denn das mindeste, was er als Küsten-Bewohner wusste, war, wo sich der Polarstern befand und wie man die ungefähre Urzeit bestimmte.

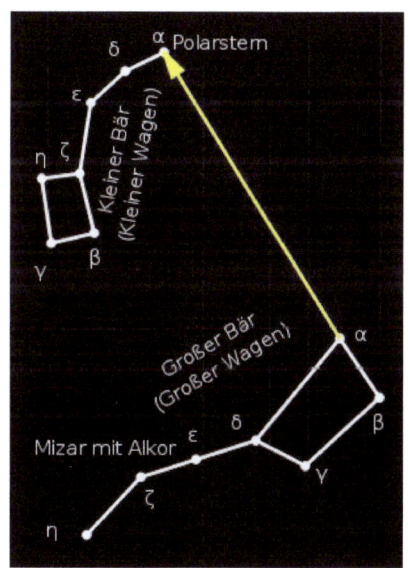

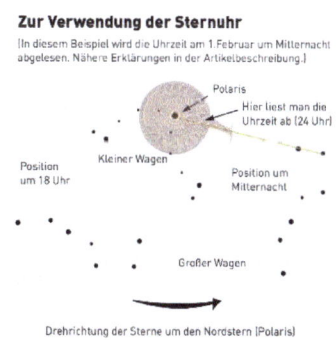

Bilder: WickipädiA

(Um den Polarstern dreht sich der nördliche Himmelskreis links herum, dadurch schwenkt die Deichsel des großen Wagens aus der waagerechten um ca. 24 h, im Laufe der Nacht nach unten in der senkrechten Position. Die Nabe des Zifferblattes ist dabei der Polarstern und der Uhrzeiger die gedachte Linie vom Polarstern zum großen Wagen, siehe Bild rechts)

Das half ihm in der Nacht nicht nur seine südwestliche Haupt-Richtung einzuhalten, sondern zeigte ihm auch die ungefähre Uhrzeit an, denn ob die Uhr im Salon noch die richtige Zeit anzeigte, wusste er eben so wenig. Wohl hatte er sie immer wieder aufgezogen, doch die Urzeit stammte von noch von Herrn Borchert. Am Anfang seiner Odyssee, hatte er das scheinbar tückische Meer verflucht - ja gehasst, nach und nach wurde er von den Elementen, so wie sie ihn umgaben eines Besseren belehrt. Er erkannte, dass, - wenn man die Lehren, die es ihm erteilte richtig anwandte, wurde es ihm von einem Tag zum anderen immer mehr Freund. Er lebte in seinem unendlichen, nie endenden Rhythmus fort, die seine verletzte Seele heilte und seinem Herzen Ruhe schenkte.

Kapitel 8 der Looser

In dunklen, einsamen Nächten an Bord, wenn er nichts weiter zu tun hatte, als auf den eventuellen Schiffsverkehr zu achten, blieb ihm sehr viel Zeit über sein bisheriges Leben nachzudenken. Nach dem Abitur, hatte er eine Lehre als Bank-Kaufmann gemacht, aber nicht allzu lange in diesem Beruf gearbeitet. Er sah eigentlich ganz gut aus, trieb Sport, pflegte aber gegenüber Frauen eine gewisse Zurückhaltung. Das war auch der Grund, weshalb er nur sehr wenige Freundinnen gehabt hatte.

Flaute

Sanft wiegt uns die See in der Dünung,
stehende Luft, Schwüle, Flautenstimmung.
Graue Wände stehen, Dunst wallt über,
leise erklingen Seemannslieder.

Refrain

Seeleut, Kameraden - singt euer Lied,
auf zu fernen Gestaden - was auch geschieht.
Schön sind die Fahrten - so soll es sein,
Stimmt an ein Lied - wir sind nicht allein.

Da, leiser Zug, dann frischer Wind,
Männer, setzt die Segel geschwind.
Das Schiff macht Fahrt wie von Fesseln befreit,
ist zu neuen Abenteuern bereit.

An die Leinen Jungs und Schoten dicht,
Kurs absetzen, jeder Mann tut seine Pflicht.
Besanschot an, Seeleut, netz't die Kehlen,
ein Schluck für Rasmus darf nicht fehlen.

Befreites Atmen, Wellenrauschen, Wind im Gesicht,
die Weite der See, Feeling, wie ein Göttergedicht.
Bis an die Kimm, herrlicher Rundumblick,
welch ein herrliches, hehres Seemannsglück.

Rei©Men

Sein Geschäft, ein Gebrauchtwagen-Handel, den er sich aufgebaut hatte, ging in Konkurs, weil er die Steuernachzahlungen nicht leisten konnte. Doch am Ende blieb ihm noch ein erhebliches Sümmchen übrig, dass er vorher auf die Seite geschafft hatte.

Zweifelsfrei war es auch der Klarheit des Natur-Erlebnisses geschuldet, die ihn jetzt Bilanz ziehen ließ. Warum war er in dieses Desaster hineingeschlittert? So fragte er sich und kam zu dem Ergebnis, dass es mit dem Großstadtdschungel, in dem er gelebt hatte zusammenhing. Wie hatte es nur soweit kommen können, fragte er sich. Seine Mutter hatte ihn doch zu einem anständigen Menschen erzogen, doch er hatte sie bitter enttäuscht, war nach Berlin gegangen um etwas zu erleben und hatte den falschen Vorbildern nachgeeifert. Er wollte alles das, was andere hatten auch haben und zwar so schnell wie möglich. Dies war ihm zum Verhängnis geworden. Oft genug, wenn er sie mal besuchte, hatte sie ihm ins Gewissen geredet, hatte alles versucht, ihn auf ihre sanfte Art wieder auf den rechten Weg zu bringen, doch es war vergebens, er steckte schon zu tief in diesem Sumpf und das ungute Geschehen, trieb ihn immer tiefer hinein ins Verderben.

Leider sah er nie ein Schiff in seiner Nähe und wenn er etwas ausmachte, dann zogen sie weit entfernt und für ihn unerreichbar am Horizont dahin. Eine andere alte Leidenschaft, die ihn vielleicht ein klein wenig vom Durchschnitt der Gesellschaft abhob enddeckte er wieder. Schon in jungen Jahren hatte er die Oper und die klassische Musik kennen- und lieben gelernt, war den seichten, flüchtigen Vergnügungen ausgewichen. Schon seit Kindertagen spielte er gern Schach und hatte es in dieser schönsten aller geistigen Sportarten mit Disziplin und Lerneifer zu einer gewissen Meisterschaft gebracht. Einmal war er in seiner Berliner Zeit sogar Vereinsmeister geworden. All die Dinge fielen ihm nun wieder ein und zu seinem großen Erstaunen, fand er an Bord der „Adventure" eine ganz brauchbare Sammlung klassischer Musik, die er aber mangels Stroms nicht nutzen konnte. Eine Spielesammlung, wie >Mensch ärgere dich nicht <, >Halma, Dame, Mühle < lagen in einer Pappschachtel und zu seiner großen Freude auch ein kleines Reise-Schachspiel bei dem die Figuren magnetisch auf den Feldern festgehalten wurden und dazu ein Schachbuch mit Meisterpartien, die er nun nachspielte, dabei konnte man eine Menge lernen.

Vom Vorbesitzer der Yacht wusste er nicht viel, nicht einmal ob er noch lebte, er stieg aber von Tag zu Tag in seiner Achtung. Es war wie ein weiterer Fingerzeig des Schicksals. Nach dem Erlebnis, das im Morgennebel begann, als für ihn die Liebes-Sonne aufging und nur einen winzigen, kleinen Tag andauerte, viel ihm sein schlechtes Gewissen vor die Füße, mahnte an, das Versprechen, dass er sich gegeben hatte, nicht zu vergessen und wieder in alte Verhaltens-Muster abzugleiten. Denn seine Überlegungen die Identität Borcharts anzunehmen gingen schon wieder in diese Richtung. Allerdings gestand er sich ein, es für eine kurze Zeit tun zu müssen und zwar nur solange, bis er sicher sein konnte, dass er von seinen >alten Freunden<, den Automardern, aus seiner Berliner Zeit, nicht mehr verfolgt wurde. Lang genug hatte er in den Tag hineingelebt, war seinen semi-kriminellen Neigungen gefolgt, nun, nach all den überraschenden Ereignissen, wo sich für ihn

die Möglichkeit aufgetan hatte sein Leben in Ordnung zu bringen, durfte er einfach nichts mehr falsch machen. Es war sozusagen seine letzte Chance um klar-Schiff zu machen, eine weitere würde er nicht bekommen, das war ihm klar, vermutlich
hatte er sein Glückskonto aufgebraucht. Doch da irrte er ge-
waltig, denn das Leben geht andere Wege, als sich die Menschen dies erträumen.

Glückspilze

Lacht dir das Glück mit holden Blicken,
denk nicht zu lange drüber nach,
du musst dich danach bücken,
bevor's ein andrer aufgehoben hat.

Rei©Men

Den ersten Denkzettel hatte er wegen seiner fortgesetzten
Autoschiebereien bekommen. Es sah ganz einfach aus, er
musste „nur" ein paar teure Limousinen nach Rumänien fahren und dort bei einer bestimmten Adresse abliefern. Dafür erhielt er eine fürstliche Pauschale, für die er sonst einen Monat
lang hätte arbeiten müssen. Das sah so leicht aus, er dachte
was kann mir schon passieren? Ich weiß doch überhaupt
nichts, ich transportiere doch nur Autos von A nach B. Das ging
ein ganzes Jahr lang gut. Jede Woche brachte er ein Fahrzeug
auf die Reise in den unersättlichen und autogeilen Osten Euro-
pas. Dann, an einer Grenze ließ man ihn aussteigen und die
Handschellen schnappten zu. Es war eben nur eine einzige
Fahrt zu viel gewesen, dachte er. Das sollte ihm nie wieder passieren, er wollte in Zukunft noch besser aufpassen. Inzwischen
war sein Schweizer Nummernkonto, auf das er seine „Lohn-
gelder" einzahlte, auf fast 500.000,00 tausend Schweizer
Franken angewachsen. Eigentlich hätte er getrost aufhören

können, nur, das so leicht verdiente Geld lockte, war stärker als seine Intelligenz. War die Automarderbande aufgeflogen oder hatte man nur ihn alleine geschnappt. Mit dieser Frage im Hinterkopf, flog er in eine Zelle. Im Grunde genommen war er wieder da angekommen, wo er vor seiner Geburt schon einmal war, in einer kleinen Zelle. Nun lebte er mit drei anderen Gestrauchelten zusammen, die allerdings einer anderen >Fakultät< angehörten. Zu allem Übel lachten sie ihn noch aus, weil er so lächerlich blöd gewesen war. Einer sagte: >Diese Banditen suchen doch ständig nach einem Dummen, der für sie die Drecksarbeit macht. Das dauert meistens nicht lange, dann schnappt die Falle zu. Der Transporter landet im Knast und die Herren in den Designeranzügen, die das Ganze steuern, finden wieder einen anderen Dummen und machen weiter wie gehabt. An die kommt keiner heran, weil sie sich zuverlässige Wege erschlossen haben, ihre Informationen über Mittelsleute weiterzugeben und bleiben selber anonym. Wenn wieder ein Transporter aufgeflogen ist, haben sie fast keinen Verlust. Sie müssen dich nicht einmal für den letzten Transport bezahlen, das ist alles einkalkuliert. Oft lassen sie einen auffliegen, wenn er zulange im Geschäft war, dann besteht nämlich die Gefahr, dass er der Polizei auffällt. Je länger einer fährt und nicht geschnappt wird, desto mehr weiß er über die Bande Bescheid. Sie brauchen auch an den Grenzen immer wieder neue Gesichter. Wenn ihnen das Risiko zu groß wird, schalten sie die „alten Mitarbeiter" aus. Die landen für ein paar Jahre im Knast und sind aufgeräumt. Sie drohen ihnen noch sie auszuknipsen, wenn einer plaudert und lachen sich halb tot. >Business as usual.< Nun, er dachte sich seinen Teil, sagte aber weiter nichts dazu. Ganz so dumm, wie seine Zellengenossen glaubten, war er allerdings nicht gewesen. Jedes Mal, wenn er ein weiteres Luxus-Fahrzeug übernehmen sollte, pappte er einen kleinen Peilsender an das Fahrzeug der Überbringer. Die kamen zur Sicherheit immer zu zweit zur Übergabe, oft in die gleiche Garage. Aber manchmal konnte er sie ablenken. Das Zeitfenster, wo die Fahrzeuge in Parkhäusern abgestellt wurden, war äußerst knapp kalkuliert, weil sie ja von der Polizei gesucht wurden, musste die Weitergabe an den Transporter schnell gehen. Immer wenn das nächste Fahrzeug übergeben werden sollte, bekam er eine Vorwarnung. Man wollte sicher gehen, dass er zur Verfügung stand, dann setzte er sich in ein kleines Straßen Caffè gegenüber der infrage kommenden Garage und wartete auf den Anruf. Dadurch war er schon vor Ort, wenn der Wagen geliefert werden sollte, meistens schneller als die Lieferanten und erwartete sie im Parkhaus, so konnte er sie beobachten und filmen.

Dann setzte er sich in sein geliehenes Fahrzeug und verfolgte die Lieferanten über den Sender. So bekam er nach und nach heraus, wen sie trafen, in welchen Lokalen sie verkehrten, wie sie lebten, mit wem sie verkehrten und wo sie wohnten. In den Tagen, wo er nicht unterwegs war, nutzte er die Zeit weitere Erkenntnisse über seine Auftraggeber und das System herauszufinden. Er tat das nicht um den Laden auffliegen zu lassen, nein, auch nicht aus purer Neugier, sondern zum Selbstschutz. Wie hatte doch der britische Philosoph Francis Bacon einst gesagt: Wissen ist Macht, und vielleicht würde er dieses Wissen noch einmal bitter nötig haben. Nun war es anscheinend soweit, wenn er aus dem Schlamassel einigermaßen unbeschadet herauskommen wollte, musste er die Flucht nach vorn antreten. Es kam ihm zugute, dass er seine Fahrtrouten ständig verändert hatte. Er fuhr über Frankreich nach Italien und mit der Fähre nach Griechenland, nie benutzte er den gleichen Weg zweimal. Seine Achillesfersen waren aber immer die Grenzen nach Rumänien oder Bulgarien. Wenn er wieder eine neue Fahrtroute erkundete, mietete er immer Autos von international operierenden Leihwagenfirmen. Mit den Transportern fuhr er nach Schweden, setzte mit der Fähre nach Polen über und fuhr auf kleinen Nebenstraßen zum Ziel. Auch dort erkundete er kleine Grenzübergänge. Das machte seinen Erfolg aus. Die Türkei Route war auch eine Variante, die er gern nutzte. Oft blieb er ein paar Tage in den Transitländern und fuhr nie direkt zu seinem Ziel, er ließ sich Zeit und lernte nebenbei halb Europa kennen. Für die Rückwege benutzte er Busse und Bahnen, so konnte man ihm seine Reisen kaum nachweisen. Meistens stellte er die „Transporter" vor der Abfahrt in eine angemietete Scheune um, und beobachtet sorgfältig, ob er verfolgt wurde. Zwischen den Transporten und auf den Rückreisen, trieb er sich an den schönsten Urlaubsplätzen herum, die auf seiner Route lagen und genoss das Leben eines Bohemiens. Theater und Konzertbesuche zählten zu seinen bevorzugten Erholungen vom >Arbeitsstress<. Für den Kontakt mit seinen Auftraggebern, benutzte er nur Prepaid Handys. Wenn er ein Fahrzeug übernahm, vergewisserte er sich gewissenhaft, ob es nicht observiert wurde oder gar Peilsender oder GPS-Geräte angebracht waren, um seinen jeweiligen Standort zu ermitteln. Immer wenn er über die Schweiz fuhr, hob er die „Gewinne" von seinem durchlaufenden Konto ab und brachte das Geld in bar zu einer anderen Bank. Mit der Zeit hatte er sich wie ein Eichhörnchen, ein „Vorratslager" an Devisen angelegt, dass für andere undurchschaubar war und kaum Spuren hinterließ. Seine Mutter hatte ihn zur Sparsamkeit erzogen und selbst jetzt, wo er für seine Verhältnisse „im Geld schwamm", gab er es nicht für seichte Vergnügungen aus, er besaß nicht einmal ein eigenes Auto und fuhr mit den öffentlichen Verkehrsmitteln. Kleinere Besorgungen erledigte er mit dem Fahrrad. Seine Vorstellungen von Frauen, Liebe und Familie waren so antiquiert, dass sie schon fast nicht mehr in die Zeit passten, doch er hielt an seinen konservativen Vorstellungen eisern fest. Insgeheim dachte er daran für eine Zeit-lang im Ausland zu verschwinden, wenn es brenzlich werde sollte. Doch nun saß er plötzlich im Untersuchungs-Zimmer der Kriminalpolizei und die Beamten versuchten aus ihm ein Geständnis herauszuquetschen. Rudolph tat das, was man in den meisten Fernseh-Kriminalstorys so zu hören bekommt: >Ohne einen Anwalt sage ich überhaupt nichts. < Die Beamten legten ihm Stück für Stück Fotos und anderes Beweismaterial vor und er fragte sich, woher hatten sie diese Fotos von ihm und den gestohlenen Fahrzeugen? Er studierte die Aufnahmen genauer, dabei kam ihn ein kurioser Verdacht: Sie konnten ei-gentlich nur von seinen Auftraggebern selbst stammen. Die Fahrzeugschlüssel kamen mit der Post oder einem Fahrrad-Ku-rier. Mit getrennter Post erhielt er die Standorte der Fahr-zeuge mitgeteilt. Wenn er beides hatte, platzierte er sie mit äußerster Vorsicht an einen anderen Platz um, doch er war sich fast sicher, immer beobachtet zu werden, was sich nun bestä-tigte. Vermutlich hatte man ihn auch gefilmt, als er Peilsender an den Fahrzeugen seiner Auftraggeber anbrachte. Noch in der gleichen Nacht begab er sich auf die Reise. Die Fotos und Videos zeigten ihn immer an den jeweiligen Erst-Standorten der Fahrzeuge, und den konnten mit Sicherheit nur seine Auf-traggeber kennen. Er wurde also immer fotografiert, wenn er die Fahrzeuge abholte, dass deutete auf eine dort versteckt angebrachte Kamera hin. Obwohl er auf den Aufnahmen kaum zu erkennen war, zeigten sie ihn, wie er zu Fuß ankam und mit dem „Transporter" wegfuhr. Diese Aufnahmen konnten nie-mals von der Polizei stammen, dann hätten sie ihn ja auch gleich dort festnehmen können. Er brauchte nur kurze Zeit, seine Situation zu überdenken. Es waren mit Sicherheit die Peilsender, die ihn verraten hatten, sie vertrauten ihm nicht mehr, aber ihn deshalb ans Messer liefern, das ging gar nicht. Man hätte sich ja über das gegenseitige Misstrauen, dass man sich entgegenbrachte unterhalten können, statt zur ganz großen Keule zu greifen. Man sollte halt nicht mit Steinen werfen, wenn man selber im Glashaus sitzt.

Unzuverlässige Linksanwälte gab es ja zuhauf, doch in seiner Situation musste er „Nägel mit Köpfen machen". Die Gelegenheit kam bald, Herr Ortlieb, ein bekannter knallharter Strafverteidiger übernahm seinen Fall. Als er ihm seine Erlebnisse schilderte lachte er, denn er hatte in der Vergangenheit schon mehrfach Leute verteidigt, die von ihren Auftraggebern ans Messer geliefert worden waren. Der älteste Ganoventrick der Welt „Mitarbeiter" loszuwerden, wenn man befürchtet, dass sie von der Polizei überwacht werden. Oft arbeiten diese Leute sogar mit der Polizei zusammen, lassen die >kleinen Fische< hochgehen und vermittelten der Polizei immer wieder mal Erfolgs-Erlebnisse. Erst jetzt sagte Rudolph zu seinem Anwalt, dass er den gleichen Verdacht auch gehabt hatte, es war ihm jedoch keineswegs klar gewesen, warum diese Leute das taten. Ortlieb mutmaßte, dass sie grundsätzlich ihre Helfer auf diese Art und Weise entsorgten. „So", sagte Rudolph, „dann wollen wir doch mal sehen, wie diese Gemeinheit in einen Schuss nach hinten umgekehrt werden kann, ich habe nämlich auch Beweise gesammelt. Schauen wir doch mal wie denen die Suppe schmecken wird, die sie sich eingebrockt haben. Ich habe gehört, dass man einen Strafnachlass bekommt, wenn man den Behörden bei der Aufklärung hilft." „Sehr gut, wie kommen wir an ihre Beweise heran", fragte Ortlieb, „ich hoffe, sie haben sie gut versteckt." „Na klar, ich brauche dazu nur einen Computer." „Sie machen mich neugierig." „Wieso, man benötigt doch nur das Internet und ein Passwort, weiter nichts." „Sehr schlau", meinte Ortlieb. „Genau, das ist meine Lebens-Versicherung." „Ja", erklärte nun Ortlieb, „wenn man sich mit Gangstern einlässt, muss man Beweise gegen sie sammeln ohne selber zum Gangster zu werden. Das wissen die

Bosse und tauschen ihre Mitwisser von Zeit zu Zeit aus, bevor sie ihnen gefährlich werden können. Da wird dann zufällig jemand überfahren und in der Zeitung steht: >der Fahrer hat Fahrerflucht begangen und konnte nicht ermittelt werden<. Meistens sind auch die Tatfahrzeuge gestohlen und verschwinden in einem tiefen, dunklen See, damit man keine DNA-Spuren mehr findet. Eine andere Variante ist ein Fahrzeugbrand, natürlich durch Vandalismus verursacht, oft brennen dann gleich mehrere Fahrzeuge ab, dadurch werden alle Spuren vernichtet und die Aufklärung nahezu unmöglich gemacht", dozierte Ortlieb, „dafür sind dann wieder andere Banditen zuständig, die überhaupt nicht ahnen, warum sie das tun. Das ganze System nennt man: Splitting-Service." Ortlieb spielte dann der Polizei einen USB-Stick zu und in einer konzertierten Aktion wurden fast alle Mitglieder der Gang verhaftet. Natürlich konnte sich die Staatsanwaltschaft und die Polizei denken, wer den Verein hatte auffliegen lassen, aber sie hatten keinerlei Beweise, wer der Informant wirklich war. Doch als Rudolph „nur" ein halbes Jahr Gefängnis und eine zweijährige Bewährungsstrafe bekam, ahnten auch seine Mittäter woher der Wind wehte.

Einen sehr schönen finanziellen Grundstein hatte er sich ja schon gelegt. Die Bosse waren aufgeflogen und befanden sich im Knast genauso wie er, das war seine Tarnung. Eines der Roulett-Spielchen, auf denen die Automarder ihre Jetons setzten, war wie ein Sumpf ausgetrocknet, wenn ihm das Wasser abgegraben wird. Als er seine Strafe abgesessen hatte, nahm er sich vor, es in Zukunft besser zu machen und tauchte erst mal ab, blieb jedoch seiner betrügerischen Motivation treu, denn er wollte unter allen Umständen nach oben kommen, so schlitterte er in die nächste offene Lebend-Falle. Durch die Affäre waren andere Kriminelle auf ihn aufmerksam geworden und wollten mit ihm ins Geschäft kommen, denn es hatte sich herumgesprochen, dass er ein ganzes Syndikat in den Knast geschickt hatte. Es handelte sich aber diesmal nicht um einen Langzeitjob, sondern um einen einmaligen Cup, der einen erheblichen Einsatz erforderte, um an die nötigen Informationen heranzukommen, aber hohe Gewinne versprach. Weil die Sache mit erheblichen Risiken verbunden war, sollte es sein letzter Job werden, danach wollte er endgültig Schluss machen. Auf die Idee war er durch seine Tätigkeit als Transporter gekommen, doch die Vorbereitungen erforderten sehr viel Kleinarbeit. Durch seine vorherige Tätigkeit, kam er mit vielen Fernfahrern zusammen, kannte ihre Routen und wusste, was sie von A nach B transportierten. Dabei viel ihm eine Spedition auf, die immer zwei Fahrer beschäftigte, also eine Art Schnellspedition war, die durchfuhren und nur zum Tanken anhielten. Zunächst dachte er an Eiltransporte, aber dann, so dachte er, wurden bestimmt auch sehr wertvolle Waren transportiert, sonst hätte sich dieses System nicht gerechnet. Sein Interesse war geweckt, unauffällig beobachtete und verfolgte er die Lieferungen und stellte fest, dass es sich um hochwertige optoelektronische Einrichtungen, hauptsächlich aber um Computer handelte. Jetzt wurde ihm auch klar, warum zwei Fahrer beschäftigt wurden, die nicht wie sonst üblich auf den Raststätten übernachteten. Weil es schon öfters Überfälle auf LKW' s gegeben hatte und ganze Wagenladungen und Fahrzeuge verschwunden waren, hatte man sie besonders gut verschlossen, mit zwei Fahrern ausgestattet und die Ladungen gesichert. Ein lukratives Geschäft, denn in einem solchen Container befanden sich schon mal ein paar tausend Laptops mit einem Gesamtwert von über einer Million Euro. Sein Geschäft bestand diesmal nur darin, die notwendigen Informationen zu sammeln und sie an die Interessenten für diesen Coup anonym weiterzureichen. Bevor er seine Informationen an sie weitergab, ließ er sich eine ordentliche Provision überweisen, der Rest lag bei den Ausführenden. Er hatte jedoch die Bedingung gestellt, dass niemand an Leib und Leben geschädigt werden durfte und, dass es ein einmaliger Coup bleiben musste. Bei Nichteinhalten dieser Vereinbarung, drohte er an, die Gruppe auffliegen zu lassen, auch, wenn er dabei riskierte, selbst involviert zu werden. Die Angelegenheit wurde aber zu seiner Zufriedenheit abgewickelt und er überlegte sich, ob er einen neuen Deal ausknobeln sollte. Ideen hatte er eigentlich genug und sein letzter Erfolg der ihm wieder eine viertel Million eingebracht hatte, reizte ihn auf dieser Basis weiter zu machen. Das war so einfach, er blieb im Hintergrund und andere machten die Drecksarbeit. Weil das wieder mal so bequem abgelaufen war, bekam er doch Bedenken, denn das hatte er ja schon einmal erlebt. Daher wusste er, dass es keine risikofreien Verbrechen gab und beschloss erst einmal abzuwarten. Immerhin hatte er sich ja vorbehalten, dass seine „Mitarbeiter" diesen Computerjob nur einmal durchführen durften. Aber hielten sie sich daran, wenn ja, würde die Sache vermutlich im Sande verlaufen. Wenn nicht, würde er als Informant auch auffliegen, das war ihm klar. Weil die Geschichte so gut gelaufen war, kamen sie von sich aus wieder auf ihn zu und verlangten einen weiteren Tipp zum illegalen reichwerden. Rudolph vertröstete sie mit dem Hinweis, dass er im Moment keine Idee hätte, wenn sich das ändern sollte, würde er sich bei ihnen melden. Damit gaben sich die Herrschaften zunächst zufrieden, doch er wusste genau, dass sie bald wieder bei ihm auftauchen würden. Insofern war er schon wieder das gejagte Wild geworden, das sich im Gebüsch verstecken musste. Nichtsdestoweniger, die Mühlen des Geschickes kokettierten mit ihm auf ihre Art und Weise, die ihn zu völlig ungeahnten Abenteuern führen sollten.

Kapitel 9 Der Kampf

Durch seinen Leichtsinn und den Erfolg verwöhnt, machte er dann einen folgenschweren Fehler. Er war aus der Diebstahl- und Hehler-Bande von Automardern, die gestohlene Fahrzeuge ins Ausland schmuggelte ausgestiegen, hatte jedoch seine Auftraggeber ans Messer geliefert. Sie saßen zwar im Knast, trachteten ihm nun aber nach dem Leben und hatten inzwischen über Mittelsmänner einen Auftragskiller auf ihn angesetzt. Als er merkte, auf was er sich da eingelassen hatte, kam die Rache dieser Berufsverbrecher mit voller Wucht auf ihn zu, es wäre fast sein Ende gewesen. Inzwischen hatte er eine Frau mit ihrer Tochter kennengelernt und machte ein Weilchen auf Familie. Sie hatte ein Kind von einem anderen in die Beziehung eingebracht, aber er bekam keine Ruhe, konnte seine Vergangenheit nicht so einfach abschütteln, denn die Transporter-Gauner waren weiter hinter ihm her, wollten ihn ausknipsen, denn er wusste zu viel, vor allem wollten sie sich an ihm rächen, weil er sie verraten hatte. Eine seltsame Logik, schließlich hatten sie ihn doch zuerst verraten. Eines Tages lauerte ihm ein Profikiller auf, doch mit seiner kriminellen Erfahrung bemerkte er, dass er beobachtet wurde. Der Killer versuchte ihn über die Tochter seiner Freundin in eine Falle zu locken. Aber er roch den Braten und versuchte ihm seinerseits eine Falle zu stellen. Noch hatte er keine Vorstellung davon, wie er aus dieser Situation herauskommen konnte. Seine Überlegungen beruhten auf den bisherigen Erfahrungen, des Beobachtens, des Ausspähens und des im geeigneten Augenblick Zuschlagens, man konnte ja den Behörden einen Tipp geben. Vielleicht waren die ja schon auf den Killer aufmerksam geworden, oder sogar wegen anderer Delikte hinter ihm her, also hieß es Vorsicht, ohne Nachsicht beobachten und abwarten, was weiter passieren würde und im geeigneten Moment zuschlagen. Um seine Spuren besser zu verwischen, falls es zum Kampf kommen sollte, hatte Rudolph sich eine neue Identität zugelegt. Seine gefälschten Papiere lauteten auf den Namen Hans Wegener, und um nicht weiter aufzufallen, hatte er keinen festen Wohnsitz. Weil er jederzeit mobil sein musste, hatte er sich einen uralten VW-Bus zugelegt, indem er zeitweilig auch wohnte. Sein Gesicht zierte ein Vollbart, auf dem Kopf trug er eine Baseball-Kappe und sein ganzes Äußeres deutete auf einen etwas besser gestellten Hippie hin. In seiner zerschlissenen Kleidung und der verfleckten Jeans-Hose, hätte ihn nicht einmal seine Mutter wiedererkannt. Indessen hatte er sein Fahrzeug mit Detektiv-Elektronik vollgestopft, die ihm eine unauffällige Überwachung seines Gegners gestattete. Er versuchte herauszufinden, was der Auftragskiller vorhatte. Weil der Killer seine Freundin und ihr Kind observierte, vermutete er, dass er das Kind seiner Freundin entführen wollte? Im Umkehr-Schluss bedeutete es, dass er die Spur von Rudolph verloren hatte. Um eine Entführung zu verhindern, musste er ihm unbedingt zuvorkommen. Mit diesem Wissen konnte er ihn seinerseits in eine Falle locken. Durch das Abhören seiner Gespräche, hatte er herausgefunden wann in etwa, die Entführung stattfinden sollte. Natürlich wusste der Killer nicht, wo Rudolph sich aufhielt, deshalb hatte er diesen Plan entwickelt zuerst das Kind zu entführen, um von der Mutter seinen Aufenthaltsort zu erpressen. Das Ganze war natürlich ziemlich sinnlos, weil die Mutter seinen konkreten Aufenthaltsort auch nicht kannte.

Es war dann in den großen Schulferien, abends wechselte er die Kleidung und wollte sich in der Nacht in die Wohnung seiner Freundin einschleichen. Er hatte sich überlegt, am frühen Morgen mit ihr und dem Kind >in Urlaub< zu fahren um die kleine Familie in Sicherheit zu bringen. Diesmal hatte er seinen VW-Bus unten in der Tiefgarage der Wohnanlage abgestellt.

Als er die Treppe nach oben benutzte, fuhr gerade der Fahrstuhl hoch.

Er hörte, wie ein Mann ausstieg, sich aber nicht weiterbewegte. Es war klar, dass er ihn verfolgt hatte und nun oben auf ihn wartete. Er zog sich die Schuhe aus und schlich sich in die Tiefgarage zurück, blieb aber an der offenen Tür zum Treppenhaus in Lauerstellung. Nach einiger Zeit kam jemand die Treppe herunter, offensichtlich wollte er überprüfen, ob Rudolph's Bus noch dort stand. Das Herz schlug ihm bis zum Halse, doch er behielt die Nerven, zog die Schuhe schnell an, machte die Türe leise zu und schlich sich hinter ein paar Autos. Eigentlich wollte er sich nur verstecken und warten, bis der Killer verschwunden war, um dann ebenfalls, aber ohne seinen Bus zu verschwinden. Aber es kam anders, der Killer war auch kein Dummkopf, er schaute sich in der ganzen Tiefgarage genauestens um, irgendwann musste er ihn entdecken. Als Rudolph versuchte wieder ins Treppenhaus zu gelangen, bemerkt er ihn und rannte ihm die Treppe hoch hinterher. Rudolph hatte keine Chance, er musste sich dem Kampf stellen. Eine Waffe hatte er nicht, nur sein Taschenmesser mit einer feststehenden Klinge, dass er immer bei sich trug. Er ging aber davon aus, dass der Killer mit einer Pistole bewaffnet war. In seiner Verzweiflung rannte er hoch bis zum letzten Treppenabsatz, dort stand nur noch das Putzzeug einer Reinemachefrau. Besen, Lappen, Tücher ein Staubsauger usw. Rudolph horchte nach unten, doch der Killer ließ sich Zeit, er wähnte sein Opfer in der Falle und musste nur aufpassen, dass es ihm nicht wieder über den Fahrstuhl entwischte. Deshalb schickte er ihn von jedem Stockwerk immer wieder nach unten. Ganz langsam und vorsichtig kam er höher und sprach mit seinem Opfer. „He du, du bist schon tot, mach mal schnell dein Testament". Hinter einer Flurabbiegung stand Rudolph und sagte kein Wort, verhielt sich völlig ruhig und gefasst. Der Killer musste ja um die Ecke kommen, wenn er ihn erschießen wollte. Andererseits konnte er nicht einfach so im Haus herumballern. Die Situation war äußerst angespannt, Rudolph hatte nur eine winzige Chance, die des Überraschungsmomentes. Der Killer hatte jedoch mehrere Kugeln, die er auf ihn abfeuern konnte, doch er machte einen entscheidenden Fehler, indem er ihn mit seinem Einschüchterungs-Gerede seinen Aufenthaltsort ständig bekanntgab. Rudolph wartete geduldig, atmete ganz flach und duckte sich tief in eine Sprunghaltung hinter der Gangbiegung. Zuerst kam die Pistole mit dem Schalldämpfer um die Ecke, zwei, drei schnell abgefeuerte Kugeln pfiffen über ihn hinweg, > plopp, plopp, plopp, dann stand er vor ihm, groß und mächtig, - sein Gesicht bekam einen seltsam überraschten Ausdruck, als er das Messer mit dem langen Besenstiel daran in seiner Brust bemerkte.

Ein Schuss löste sich noch aus seiner Waffe, der in die Decke ging, dann brach er zusammen. Rudolph schaute sich den Mann genauer an und erkannte ihn als einen der Kuriere aus der Automarder-Bande, er prüfte an der Halsschlagader den Puls, der Mann war tot. Nach kurzer Überlegung fuhr er nach unten, holte sein Campingzelt und ein paar Arbeitshandschuhe, die er zum Tanken immer in der Türtasche stecken hatte, fuhr mit dem Fahrstuhl wieder nach oben, packte die Leiche in das Zelt und brachte sie zum VW-Bus. Am nächsten Tag schickte er sie anonym per Spedition in einer Plastik-Kiste an die Adresse der Auftraggeber. Das war dann auch das Ende seiner Beziehung, denn er durfte das Kind und seine Mutter nicht mehr gefährden. Den VW-Bus setzte er nach bekanntem Muster in Brand, nachdem er ihn innen und außen reichlich mit Benzin übergossen hatte.

Beim erneuten Versuch sich eine bürgerliche Existenz mit seinem richtigen Namen aufzubauen, wurde er in einer kleinen Gemeinde Bürgermeister, doch die Vergangenheit holte ihn auch hier wieder ein, sie war wieder da. Es folgten ein Ausbruch und die Flucht nach Osteuropa, wo er eine Weile untertauchte. Danach lebte er vom Eingemachten in der Schweiz. Um seinem Ziel, reich zu werden, näher zu kommen startete er einen neuen, letzten Versuch. Inspiriert von der Bankenkrise, macht er aus dem knapper gewordenen Kreditrahmen nach Basel 3 ein Geschäftsmodel. Doch zunächst musste er sich ein Startkapital aufbauen, bevor er seine neue Idee angehen konnte, denn er hatte sich zum Ziel gesetzt, niemals sein Eingemachtes anzuzapfen. Noch hatte er sich nicht entschieden, ob er seinen letzten großen Coup seriös oder nur zu seinem eigenen Nutzen durchführen sollte, war aber durch seinen Unfall genötigt, das Schneeball-System eine Zeitlang beizubehalten, erst mit dem unerwarteten Erfolg wurde daraus, seriöse Industrie-Zulieferer Firma. Nun kämpfte er erneut ums nackte Überleben, aber als gelerntes Stehauf-Männchen hatte er die Grundlagen zu einer seriösen Existenz geschaffen. In diesem Zeitrahmen lernte er dann Nina kennen. All das lag nun schon wieder lange Zeit hinter ihm. Nachdem ihm die Natur oder das Schicksal einen Schuss vor den Bug gesetzt hatte, wollte er nie wieder krumme Sachen machen, davon hatte er genug, jetzt hieß es volle Konzentration auf sein Überleben als freier Mensch.

Das Meer
Navigare necesse est – Seefahrt tut not

Dünung verläuft - hin zum Felsenstrand,
Wassers Lippen schmeicheln dem Sand,
Donnernd waschen Wellen felsige Rippen,
Brandung aufschäumt an rauen Klippen.

Wasser und Luft sich brausend vermischt,
Vor dem Bug hell aufschäumt die Gischt,
Ein einsames Segel eilt unter Land,
Geführt von einer sicheren Hand,
Strebt zu dem schützenden Hafen,
Schlag um Schlag gegen die Wasserwand,
Gewinnt es Meile um Meile den Kampf.

Eine Monstersee - rollende Flut droht,
Brechende Seen heben das Boot
Hoch hinauf - tragen es fort,
Schon geborgen geglaubt, ist es in Not.

Turmhoch hinauf ragen die Wogen,
Auf dem Rücken der Welle surft das Boot,
Widerstrebend gegen das Ufer gezogen,
Bevor sich Schiff und Mannschaft versehen,
Ist es schon um sie geschehen.
Die Wasser, sie rollen mit geifernden Rachen,
Reißen hinab in die tödlichen Schatten.

Der Schiffer noch hinter dem Steuer steht,
Ein stummes Gebet seine Miene bewegt,
Die rasende Welle das Schiffchen forträgt,
Unbrauchbar das Ruder im Brausen schwebt.

Dann – gurgelnd der Kaventsmann bricht,
Das Schiffchen stürzt in die Felsen zurück,
Zerschmettert, zerbirst Stück um Stück,
Das Wasser bricht sich seine Bahn,
Bevor der Mensch sich besinnen kann,
Ein paar Wrackteile schwimmen umher,
Langsam wieder, beruhigt sich das Meer.
Es hat sein Opfer gefunden,
Das Schifflein ist verschwunden,
Als hätt' man es niemals gesehen,
Als wäre es niemals geschehen.

Natur kann so grausam sein und so schön,
Seemann, du hast einen schweren Stand,
Der Feind der Seefahrt ist das Land,
Und ewig anpreien Wellen die Küste,
Gezeugt von der riesigen Wasserwüste,
Eine kurze Affäre im Zeitverbrauch,
Eine winzige Episode im Weltenlauf.

Rei©Men

Er hatte in den Schubladen ein GPS-Gerät gefunden, doch die darin befindlichen Batterien waren ausgelaufen. Anscheinend hatte Borchert das Gerät und die Batterien vergessen. Er hatte ja stets die beiden Kartenplotter zur Verfügung und damit konnte man genauso wie mit einem Straßen-Navigationsgerät überall hin navigieren. Zudem war das Vektor-Kartenmaterial immer auf dem neuesten Stand und wurde ständig weltweit zur Verfügung gestellt, man konnte es auch jederzeit über Satelliten herunterladen. Im Karten-Schab fand er nur ein paar ältere Merkator-Übersegler-Karten, wie man sie früher benutzte. Wenn man einen großen Ozean überqueren muss, sind sie auch heute noch sehr hilfreich. Die nutzten ihm aber nicht viel, weil er nicht genau wusste, wo er sich befand. Bis hierhin war eigentlich alles gut gegangen. Er war ja von jeglicher Land Kommunikation total abgeschnitten, konnte auch keine Wetterberichte abrufen, wie sie ja heute auf vielen Informationswegen auf Schiffen zur Verfügung stehen. Das im großen Salon hängende Barometer, war wohl nur noch zu Dekorationszwecken vorhanden, doch wenigstens funktionierte es einwandfrei. Er las jeden Morgen und Abend die Luftdruckwerte ab und trug die hPa (Hektopascal) ins Logbuch ein. Nach dem Frühstück las er die hPa-Werte ab und erschrak, sie waren in der Nacht um 10 hPa gefallen, das bedeutete Sturm, das wusste er als Küstenbewohner. Stündlich fielen sie um weitere 2 hPa, dass konnte ja heiter werden, denn nun musste er mit bis zu 10 Windstärken rechnen. Aus seinem letzten Fehler hatte er gelernt, nahm die Segel nun gleich ganz weg, kochte Kaffee und Tee, öffnete eine Büchse mit Vollkornbrot und belegte sie mit Büchsenwurst. Dann zog er warme Sachen und Wetterzeug an, verschloss alle Luken und die Schott-Tür zum Niedergang. Bei seinen Nachforschungen hatte er auch die Handlenzpumpen entdeckt und ausprobiert, in den Büchern fand er eine Beschreibung, wie man ein Schiff durch den Sturm segeln muss. Diese speziellen Seiten las er nun nochmal durch und schaute nach, ob er nichts vergessen hatte. Jetzt konnte er nur noch abwarten was auf ihn zukam. Doch meistens kommt es anders als man denkt. Gerade war er mit seinen Vorbereitungen fertig, da pfiff die erste Böe mit hoher Frequenz in das stehende Gut, langsam steigerte sich die Windstärke und die Höhe der Wellen nahm schnell zu. Sie kamen direkt von Südwest auf ihn zu und sein Schiffchen schlingerte in der rollenden See. Er richtete, wie er es gelesen hatte, seinen Kurs nun im Winkel von ca. 30 Grad direkt gegenan aus, steuerte über den nächsten Wellenkamm und surfte die Welle wieder hinunter. Er hatte gelesen, dass man die anrollende Welle

schräg ansteuern musste und das Schiff dann auf dem Wellenkamm steil geradeaus hinuntersausen lassen sollte um Fahrt
aufzunehmen, damit man über den nächsten Wellenkamm
hinwegkam. Ansonsten konnte es passieren, dass das Schiff
rückwärts abstürzte. Soweit die Theorie, doch die Praxis sah
anders aus, er kam zwar seinem Ziel, dem amerikanischen
Festland näher, hatte aber nicht bedacht, dass er nun stunden-
lang, vielleicht sogar Tage und Nächte am Ruder verbringen
musste. Mit ablaufender Zeit und zunehmendem Wind, wurde
er müder und müder und entschloss sich nun viel zu spät, die
andere Variante, nämlich vor den Sturm abzulaufen auszupro-
bieren, denn von dieser Möglichkeit hatte er auch etwas gelesen. Kurzerhand wendete er auf einem Wellenkamm und versuchte in die Gegenrichtung zu kommen. Doch das ging schief,
das Schiff überschlug sich und plötzlich hing er an seinem Live
Belt unter Wasser. Nun ja, er war ein guter Schwimmer,
konnte die Luft über eine Minute anhalten und wartete, dass
sich das Schiff wiederaufrichtete. Sekunde um Sekunde ver-
rann, er dachte schon, das sei sein Ende und auch die gerechte
Strafe für seine bösen Taten, doch nun kippte nicht nur das
Schiff, sondern auch noch sein Nervenkostüm um. Endlich, -
unendlich langsam richtete es sich mit dem Durchlaufen der
nächsten hohen Welle wieder in seine richtige Position auf. Er
stieß die Letzte Luft, die er noch in seinen Lungen hatte, ge-
meinsam mit dem schon eingedrungenen Meerwasser aus.
Kaum hatte er eingeatmet, da überrollte ihn schon die nächste
Welle und schmiss ihn auf das Deck, doch diesmal behielt er
die Nerven, griff nach dem Ruder und steuerte die Yacht mit
Wind und Welle, geradewegs in die Gegenrichtung nach Nord-
osten. Nun lag die Yacht viel ruhiger, doch er hatte viel zu viel
Wasser im Schiff. Das musste raus, erst dann war er gerettet,
denn der Tiefgang verhinderte, dass das Schiff wie ein Korken
oben auf dem Wasser schwamm. Stattdessen tauchte es in je-

des Wellental tief ein und wurde jedes Mal überspült. Im Moment hatte er aber keine Zeit das Wasser abzupumpen, die Yacht wurde vom Wind und den Wellenbergen immer schneller mitgerissen, krängte und drohte wieder aus dem Ruder zu laufen. Irgendwo in den Büchern hatte er auch gelesen, dass man bei Sturm einen Treibanker (Segeltuchtasche) ausbringen muss, um ein Schiff langsamer zu machen. Doch wo war der, gab es überhaupt einen. Er suchte in den Backkisten und tatsächlich, er hing hinter der Segellast an einem Haken. Vorsichtshalber sah er sich das Ding genauer an und stellte fest, dass es noch ganz neu und unbenutzt war. In einer Plastikhülle fand er auch noch eine Bedienungsanleitung. Das Teil sollte mit einem starken Tau über den Bug oder das Heck mit einer Winsch ausgebracht werden und musste soweit vor dem Schiff geführt werden, dass es zwischen den Wellenbergen hing.

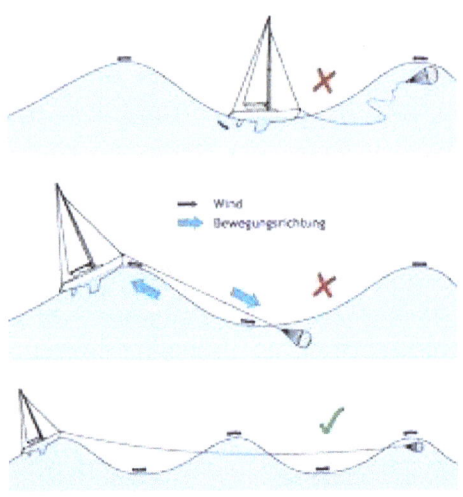

←Wind und Bewegungsrichtung

Als dann der Treib-Anker nach einiger Zeit am Bug neben dem festgemachten und gesicherten Hauptanker hing, hangelte er sich wieder ins Cockpit zurück und gab über eine Winsch die Leine langsam frei. Der Anker hüpfte zunächst in tollen Sprüngen über die Wellenberge, aber dann, als Leine und Anker sich immer weiter von der Yacht entfernten, beruhigte sich die Konstruktion und sein Schiffchen lag sauber und ruhig in der See. Geschafft, nun konnte er sich in aller Ruhe den Pumpen zuwenden. Das war eine harte Arbeit, denn sie förderten pro Hub nur ca. einen halben Liter Wasser außenbords. Dabei bestand immer noch die Gefahr, dass das Ansaugrohr sich mit Dreck und Kleinteilen aus der Bilge verstopfte. Dann musste er wieder nach unten und das kleine Sieb reinigen. Um die ca. drei Tonnen Seewasser auszupumpen, benötigte er theoretisch ca. 6000 Pumpenhübe. Anfangs schaffte er in der Minute 100 Hub = 50 Liter., machte dann zwei bis drei Minuten Pause und pumpte mit der anderen Hand weiter. Das bedeutete rein rechnerisch, dass in 300 Minuten, also in 5 h die Bilge leer sein musste. Tatsächlich würde er einen ganzen Tag dazu benötigen. Allerdings hatte er ja genug Zeit zur Verfügung, musste nicht eilen, doch was, wenn sich der Sturm wieder verstärkte? Also – dachte er, so gut es geht weiterpumpen.

Bei dieser Arbeit erinnerte er sich an einen Seeräuberroman, den er in Jugendzeiten mal gelesen hatte. Da kämpfte die ganze Mannschaft ums Überleben, man konnte gerade so viel Wasser herauspumpen, wie über die undichten Planken eindrang. Da war er dann doch besser dran, denn sein Schiffchen war dicht. Ja, die alten Windjammer, sie waren aus Eichenholz gebaut und wurden mit Werk und Pech kalfatert. Durch das Walken und die Arbeit der Planken, Spanten und Stringer im Seegang, wurden die Fugen immer wieder undicht und mussten von innen und außen abgedichtet werden. War ein Schiff sehr lange unterwegs und konnte keine Werft ansteuern, zog man es bei Flut auf einen Sandstrand, wartete bis es bei Ebbe trockenfiel und dichtete es in mühevoller Kleinarbeit wieder ab. Wenn die Flut kam, schwamm es wieder auf und man segelte weiter. Nachdem das Wasser raus war, konnte er sich endlich wieder den Aufräum-Arbeiten des Überschlags der Yacht, bei seiner missglückten Halse widmen. Das Wasser aus der Plicht war ja schon lange abgelaufen, doch im Innenraum der Yacht herrschte das totale Chaos. Auf dem Boden hatte das Wasser kniehoch gestanden, alles was er nicht hatte festmachen können, war aufgeschwommen oder lag auf den Bodenbrettern verstreut herum. Die Salonpolster hatten sich mit der Brühe vollgesaugt, nur die höher gelegenen Decks mit den Schlafkabinen hatten nicht so viel abbekommen, weil die Schiebe-Türen geschlossen waren und nur wenig Wasser eindringen konnte. In einem offenen Regal saß ängstlich miauend sein pudelnasses, kleines Bordkätzchen. Er nahm es liebevoll in den Arm, gab ihm wie jeden Tag zu essen und zu trinken. Es dankte ihm mit einem leisen Wohlfühl-Schnurren und damit es nicht erfror, deckte er es mit einer trocken gebliebenen Wolldecke zu. Nach einiger Zeit hatte er dann auch das restliche Meerwasser mit den Handpumpen dorthin befördert, wo es eigentlich hingehörte. Nun konnte er sich wieder auf das Abwettern des Sturmes konzentrieren, der jetzt stündlich zunahm, seine Greifer nach dem kleinen verlorenen Schiffchen ausstreckte, als hätte er nichts Wichtigeres zu tun, als es zu vernichten. Doch Rudolph hatte wieder etwas dazugelernt, er ließ sich nicht unterkriegen. Seine Angst vor dem Meer war gewichen und machte einer Art Begeisterung Platz, den Kampf anzunehmen. Das Barometer sank und der Sturm legte noch zu, aber durch seine Maßnahmen lag die Yacht nun ruhiger im Wasser und er hatte etwas Zeit sich um die Aufräumarbeiten zu kümmern. Nun machte er sich auch Gedanken darüber, ob er das Schiff nach seiner Ankunft in den USA verkaufen sollte.

Dann hätte er seine Spuren endgültig verwischt. Ein anderes Problem war, dass er immer weiter von seinem Ziel nach Osten abtrieb, weil er anscheinend aus dem Sturmtief heraus driftete. Dann drehte der Wind wieder zurück, nach zwei weiteren Tagen konnte er den Treibanker einholen und wieder Segel setzen. Mit frischem Mut ging es in eine neue Runde, er hatte dazugelernt und war durch die Winddrehung in der Lage, seinen alten Kurs wieder aufzunehmen. Vierzehn Tage später tauchten die ersten Seevögel auf, Blätter und kleine Holzstückchen schwammen im Wasser und am nächsten Morgen bekam er Landsicht. Selbst sein kleines Kätzchen, hatte die Veränderung bemerkt und tauchte an Deck auf. Er wusste nicht wo er sich befand, doch dann kamen ihm andere Schiffe entgegen. Er hielt auf sie zu und winkte ihnen zu. Eine Größere Yacht stoppte auf und half ihm weiter, gab ihm eine Seekarte mit dem eingezeichneten Kurs Richtung Bosten. Dann nahmen Sie per Funk mit dem nächsten Hafen Kontakt auf und der Hafenmeister versprach ein Boot zu ihm rauszuschicken. Nach ein paar weiteren Stunden war es dann soweit, sie nahmen Kaiser, alias Borchert auf den Haken und zogen ihn in den rettenden Hafen. Geschafft.

Das Glück wird vom Zufall bestimmt,
jeder es gern in Anspruch nimmt.
Doch selten trifft es die Richtigen immer,
denn es hat von Gerechtigkeit keinen Schimmer.

Rei©Men

Kapitel 11 Boston

Nach langer Odyssey landete Rudolph endlich in Boston, mogelte sich bei der Einklarierung des Schiffes und seiner Person, mit dem Pass von Borchert und der Erklärung durch, dass seine Unterlagen durch das eingedrungene Meerwasser getränkt wurden und nun nicht mehr alles lesbar waren. So konnte er seine Identität verschleiern. Man riet ihm, sich in der österreichischen Botschaft in Washington neue Papiere zu besorgen. Das gelang ihm dann mit den neuen Passbildern auch, die ihn mit langen Haaren und einem Vollbart zeigten. Nach seinem >Unfalltod< und mit den neuen Papieren war er sicher, dass ihn die Behörden nicht mehr suchen würden. Was er jetzt brauchte, war ein Wasserpause, er wohnte bis die Yacht wieder startklar sein würde, in einer kleinen Pension und nutzte die Zeit, sich wieder an die Zivilisation und an Menschen zu gewöhnen. Jeden Tag ging er zu seinem Schiff, fütterte sein Kätzchen und schaute sich die Fortschritte bei den Reparaturarbeiten an. Eines Tages traf er sein Kätzchen nicht an, er fragte die Werftarbeiter, ob sie etwas wussten. Zu seinem Erstaunen erzählten sie ihm, dass die Tochter des Chefs das Kätzchen mit nachhause genommen hatte. >Gut so<, dachte er, >die hat wohl vom Leben auf See die Nase voll, genauso wie ich, die will wieder Mäuse fangen und hat sich abgesetzt<. Kaum zu glauben, aber das Leben an Land war genauso gewöhnungsbedürftig, wie das auf hoher See. Zunächst torkelte er mit leichten Gleichgewichtsstörungen herum, sein Körper musste sich nun erst wieder an den festen Untergrund gewöhnen. Die Symptome verschwanden dann allerdings nach ein paar Tagen. Mit Bocherts Führerschein lieh er sich ein Motorrad, natürlich eine Harley. Die dazu passenden Fransen-Klamotten für den Ausflug kaufte er sich neu. Eine andere Welt tat sich auf, es war fast so wie in seinen alten Berliner Zeiten. Warum sollte er sich nach der langen Abstinenz nicht ein bisschen erholen und ein paar harmlose Vergnügungen leisten, wenn er schon mal hier war. Einfach mal über Rode Island und New Haven nach New York an der Küsten entlang tuckern. Ein herrliches Gefühl breitete sich bis in seine Zehenspitzen aus, als ihm der Fahrtwind um die Ohren wehte. Das hatte er allzu lange vermisst, er genoss es, seine kleine Welt war wieder in Ordnung. Wohlgefühl pur, ihm kam die Idee, dass man daraus eine Therapie machen könnte, wenn man Arzt oder Psychologe wäre, dachte er. Durch die kleinen Ortschaften fuhr er besonders langsam, schaute auf die Menschen und besonders auf die Frauen, wie sie mit ihren Reizen warben, auch jene, die bestimmt gut verheiratet waren, doch insgeheim steckte es wohl in allen Menschen von Natur aus drin, sich schön anzuziehen um von den Anderen bewundert zu werden. Am dritten Tag gegen Nachmittag hielt er an einem Motel, um etwas zu essen, in einer Ecke spielte eine kleine Band. Die Musik gefiel ihm und es wurde Abend, eigentlich zu spät zum Weiterfahren. Zimmer waren noch frei, also nahm er eins, schaffte seine Sachen hoch und setzte sich in die Nähe der Country-Band. Die Sängerin schaute immer wieder neugierig zu ihm hinüber, sie war nach seiner Einschätzung etwas älter als er. Irgendetwas in ihrem Blick erinnerte ihn an eine Frau, die er kannte. Doch er konnte seine Wahrnehmung nicht einordnen. In der Pause kam sie auf seinen Tisch zu und fragte: „You are not from here?", „No I'm from Germany". „Und wie kommst du hier her?", fragte sie mit deutlichem Akzent. „Ja, da... (Pause) muss ich erst mal nachdenken, das ist eine lange Geschichte", erwiderte er verwundert, weil sie ihn auf Deutsch antwortete. „Du wunderst dich, ich hab' mal eine paar Jahre in Old-Germany gearbeitet." „Als Sängerin?" „Ja, darf ich mich zu dir setzen, ich möchte wieder mal Deutsch sprechen." „Gern, wenn du möchtest." Er dachte nicht daran sich mit der Fremden einzulassen, dazu waren seine Erinnerungen an Nina zu frisch, aber gegen ein nettes

Gespräch war nichts einzuwenden. Im Laufe des Gesprächs, hatte er ihr verraten, dass er mit dem Motorrad unterwegs war, deshalb drehte sich das Gespräch dann mehr oder weniger um die Sehenswürdigkeiten, die man sich in den Staaten anschauen sollte. Die Band spielte wieder und sie musste den nächsten Song vortragen. Danach kam sie wieder zurück und aus den Lautsprechern ertönte die Pausenmusik. Rudolph tanzte für sein Leben gern, vorsichtig, wie es seine Art war, fragte er sie, ob sie mal mit ihm tanzen würde. Nun war sie etwas überrascht, damit hatte sie nicht gerechnet, willigte aber ein. Immer hatte er sich eingebildet, dass Sängerinnen und Sänger gut tanzen können. Sie begannen sehr vorsichtig, doch nach ein paar Drehungen, die gelangen, wurde er mutiger und schwang sie mit schnellen Schrittkombinationen, rechts und links herum. Die Laufschritt-Kombinationen und gewagten Stopps überzeugten ihn, noch nie eine bessere Tänzerin in den Armen gehalten zu haben. Sie Vermutung hatte sich bestätigt. „That, was a wonderful dance", pustete sie und ließ sich in den Stuhl fallen. „Sag mal wohnst du hier? Wie heißt du denn?" fragte sie nun. „Ja Rudolph und wie heißt du? Ich will morgen früh weiter, nach New York und dann in die Südstaaten." „Mit der Harley die draußen steht?" „Ja, warum?" „Ich bin Lena, mein Engagement hier ist beendet und ich habe noch keine Pläne, eigentlich will ich nach New Orleans ins Musikerparadies, wir könnten zusammen hinfahren, wenn du Lust dazu hast." Er überlegte nicht lange, dann sagte er: „Gut, dann treffen wir uns um 8 Uhr hier zum Frühstück." Als sie dann am Morgen in Motorrad-Klamotten an den Tisch geschlendert kam, wunderte er sich zwar, sagte aber nichts. Doch dann haute ihn die Überraschung fast um, denn die Dame hatte nicht nur Fransen-Klamotten an, sondern setzte sich wie selbstverständlich auf eine Harley, die inzwischen neben seiner stand. Er starrte sie wortlos an und bevor er noch was sagen konnte, sagte sie: „Na, was ist, wollen wir?" „Moment, ich dachte du wolltest bei mir aufsitzen", brachte er noch heraus, dann war sie schon weg, schaute sich aber kurz nach ihm um. Als er sie eingeholt hatte, fuhr sie langsamer, sodass sie sich unterhalten konnten, denn die Straße war in den frühen Morgenstunden noch leer.

Rudolph erzählte ihr nur so viel, wie unbedingt nötig, denn er wollte keine neuen Verwicklungen riskieren. Es überraschte sie keineswegs, dass er Einhandsegler war und über den großen Teich rübergekommen war, um Amerika kennen zu lernen. Er überlegte nicht lange und erzählte ihr die staunenswerte Geschichte der Entdeckung Amerikas, die er in seinen Büchern an Bord gelesen hatte. Das lenkte Lena von weiteren komplexen Erklärungen bis auf Weiteres ab, mehr über ihn zu erfahren:

>Amerika, Amerika – das Land der Verheißung, benannt, nicht nach seinem Entdecker Christoph Columbus im Jahre 1492, sondern verursacht durch Irrtümer von Kartografen und Schreibern von Chroniken, nach Amerigo Vespucci, den Kaufmann, Seefahrer, Navigator und Entdecker der amerikanischen Festlandküste, denn Columbus war vor ihm nur auf den vorgelagerten karibischen Inseln an Land gegangen und behauptete Zeit seines Lebens, dass er in Indien gelandet wäre. Irgendein Übersetzer machte dann aus Amerigo, den schönen Namen - Amerika - für den von Amerigo Vespucci entdeckten und zuerst beschriebenen neuen Erdteil. Welch ein Zufall, welch ein schöner Name, Jahrzehnte vergingen, in welchen man nach einer Umfahrung oder einer Durchfahrt-Straße in den Pazifik suchte. Erst im Jahre 1520 fand Ferdinand Magellan die nach ihm benannte Meeresstraße, ganz unten im Südpolarmeer in Feuerland. Durchfuhr dann, den auch >Stillen Ozean< genannten Pazifik und landete auf den sogenannten Gewürzinseln, wo er leider bei Kämpfen mit den Eingeborenen

ums Leben kam. Nur eins von den vier Schiffen, die mit 256 Seeleuten aufgebrochen waren, kam mit einer Restmannschaft von 18 Matrosen, welche die erste Weltumsegelung der Geschichte im Jahre 1522 vollendeten, zurück nach Spanien. Sie brachten 26 Tonnen Gewürze im Wert von ca. 500 Golddukaten in die Heimat, ein schöner aber mit vielen Menschenleben erkaufter Gewinn für die Investoren, welche die Reise finanziert hatten. <

Mittlerweile fuhren sie nun noch langsamer, genossen die Landschaft und wichen den wenigen Autos aus, die ihnen begegneten. Als er seine Erzählung beendet hatte, gab er Gas und sauste davon, so dass sie ihm kaum folgen konnte. Diesen Impuls stoppte sie dann an einem der vielen Restaurants, wo sie einen Lunch einnahmen. „Ich mache nach dem Essen gern einen kleinen Mittagsschlaf, kommst du mit, dahinten ist eine schöne ruhige Wiese." Im Vorrübergehen an den Motorrädern, nahm sie noch eine Wolldecke aus der Satteltasche mit. Rudolph dachte: >Jetzt muss ich aufpassen, sonst bekomme ich noch Probleme mit meinem Gewissen. Doch alles verlief sehr harmlos, sie strich die Decke glatt, schaute zu ihm auf und sagte: „Na Cowboy was ist, komm her, du brauchst keine Angst vor mir haben, ich tu dir nichts." Anscheinend hatte sie seine Gedanken erraten. Rudolph dachte: >Abwarten mal sehen, wie das heute Abend mit den Zimmern wird. < Doch auch diese Klippe umschiffte sie elegant, indem sie im Motel gleich zwei Zimmer buchte.

New York war für Rudolph eine Enttäuschung, diese laute unablässig rund um die Uhr durchlebende Millionenstadt hatte er schon in Berlin gehabt und hassen gelernt. Da war ihm sein kleines geliebtes Hamburg hundert Mal lieber. „Na ja, sagte er zu Lena, man muss es vielleicht gesehen haben, damit man seine Heimat noch mehr lieben kann." Sie nutzte die Gelegenheit und fragte: „Wo kommst du eigentlich her?" „Geboren in Greetsiel, eine Nordseeinsel, gelebt in Berlin und in Zukunft werde ich wohl in Hamburg meine Zelte aufschlagen."

Die nächsten Stationen waren Philadelphia und Washington, hier beschaffte er sich in der Österreichischen Botschaft einen neuen Pass. Dann ging es weiter durch North- und South-Carolina. Die Bikes sangen ihren Sound und waren nicht aufzuhalten, wenn man sich einmal draufgesetzt hatte. Die Weiterfahrt über Daytona Beach, Key West, Panama City nach New Orleans verlief wie bei Motorradfreaks im besten Einvernehmen. Eines Abends saßen sie schon nachmittags am Wasser, Lena hatte ein schönes kleines Liedchen gesungen, „schade" sagte sie, „dass man auf dem Bike die Gitarre nicht mitnehmen kann." Dann badeten sie ausgiebig und er bekam sie zum ersten Mal im Bikini zu Gesicht. Donnerwetter, tolle Figur, eine Traumfrau zum Verlieben, aber für ihn tabu, er liebte Nina. >Wie sich doch die beiden Namen glichen, Nina und Lena <, dachte er! >Sollte dies ein Wink des Schicksals sein?<

Lena war mit Brille und Schnorchel unterwegs, nur ab und zu kam sie zum Luftholen hoch. Beim letzten Mal hatte sie ein Netz dabei, aber er schaute nicht so genau hin und sagte: „Du vergiss nicht, wir müssen uns noch um die Zimmer kümmern." Ohne ein Wort zu sagen, ging sie zu ihrem Bike, kam mit einem zwei Personen Biker-Zelt zurück und begann es aufzubauen. „Hallo, willst du mir nicht helfen?", rief sie. Er brummte etwas von zu eng und kalt und sagte dann: „Was hast du vor? Darüber sollten wir erst mal reden." „Hast du noch nie gezeltet?", gab sie zurück. „Doch als Kind im Zeltlager." Inzwischen hatte sie das Zelt schon fast fertig aufgebaut. „Geh bitte etwas trockenes Treib-Holz zusammenlesen, wir kochen heute selber."

Als er das dritte Mal mit einem Arm voll zurückkam, brannte das Feuer schon und ein kleiner Gittergrill hing über zwei Steinen. Respekt, und was grillen wir jetzt, sollen wir angeln oder jagen gehen?" Inzwischen wurde es dunkel, er schaute genauer hin, jetzt erst bemerkte er mehrere Fische auf dem Grill und dachte, >nun halte ich lieber mein dummes Maul, sonst blamiere ich mich gewaltig<. Doch dann fiel ihm ein, dass er beim letzten Stopp ein paar Flaschen Wein gekauft hatte und holte sie aus den Packtaschen. In der Asche lagen schon eine Menge Kartoffeln, als er sie sah, bemerkte er: „Endlich darf ich mal die Kartoffeln im dem Land probieren, wo sie herkommen." „Wieso, gibt's bei euch in Europa keine?" „Jede Menge, aber erst seit Columbus sie zu uns rüberbrachte, denn sie wuchsen damals nur hier in Amerika." Nach dem Essen saßen sie am Feuer und sie erzählte ihm ein wenig aus ihrem Leben. Er war sehr einsilbig geworden, dachte an Nina, wo sie jetzt wohl sein würde? Ob sie ihn immer noch liebte, auf ihn wartete oder einen anderen hatte. Vermutlich nahm sie an, dass er es sich anders überlegt hatte, denn er hätte sich ja schon seit einem halben Jahr bei ihr melden müssen. Sie hatte ihn bestimmt längst vergessen, er wusste auch nicht, wo sie sich inzwischen aufhielt. Die einzige Verbindung zwischen ihnen war ja nur das Handy gewesen und seines lag in Greetsiel bei seiner Mutter. Er hatte sich ja nun ein neues besorgt und ihre Telefonnummer brannte ihm im Gedächtnis, deshalb speicherte er sie ein. Sein Finger war schon über dem Telefonsymbol, zitterte, doch dann zog er ihn wieder zurück. Warum rief er nicht einfach an um den Bann zu brechen? Irgendetwas hinderte ihn daran, er wollte es eigentlich schon gleich nach seiner Ankunft in Bosten tun, doch, so überlegte er, was sollte er ihr sagen, warum er sich so lange Zeit nicht gemeldet hatte, dass er diesen Unfall hatte, den er nur knapp überlebt hatte? Würde sie ihm glauben oder einfach auflegen. Er hatte vor diesem Moment einfach Angst, dass musste er sich eingestehen. So zögerte er die Entscheidung immer weiter hinaus, weil die Angst vor dem endgültigen Aus schlimmer war, als der Schwebezustand, indem er sich befand. Das ist, wie wenn ein naher Verwandter verunglückt ist, im Krankenhaus liegt und die Ärzte um sein Leben kämpfen. Man hofft das er überleben wird und zittert jede Minute vor der Todesnachricht. Man wünscht sich, dass das Telefon überhaupt nicht klingeln soll oder geht immer mit Furcht an den Apparat, wenn er klingelt. Diese Gedanken gingen ihm durch den Kopf als Lena aufstand, sich ihrer Kleidung entledigte, mit schwingenden Hüften und mit langen Schritten gemächlich dem Meer entgegen ging. Kurz bevor sie in den Wellenbergen, die auf den Sandstrand aufliefen eintauchte, drehte sie sich noch einmal kurz um und rief: „Was ist, kommst du nicht mit?" Diese kleine Geste beendete seinen Gedankengang und erzwang eine Antwort. Tief im menschlichen Unterbewusstsein schlummern Reize, die bestimmte Reflexe auslösen. Einer ist die Neugier, geschieht etwas Ungewöhnliches, wie das Angebot mit einer schönen Frau, und das war Lena, nackt baden zu gehen, dann konnte ein Mann es nicht unterdrücken darauf einzugehen, zumal dieses Verhalten mehr versprach als nur eine kleine Abkühlung. Als sie wieder an Land kamen, legten sie sich zusammen auf die Wolldecke und kuschelten sich darin ein. Rudolph wollte sich zurückhalten, indessen ist ein gesunder Mann, in dieser Situation nicht mehr Herr über seine unbewussten Reaktionen, das hat die Natur so eingerichtet. Wenn es nicht so wäre, gebe es die Menschheit schon lange nicht mehr. Lena hatte lange gewartet, sie hatte geprüft und mit sich gerungen, ob sie den schönen, scheuen Mann gewinnen könnte, aber nach allem was er ihr so erzählt hatte, war sie sich sicher, dass es da noch etwas gab, was er ihr nicht sagte. Er hatte ihr auch keine Wahl gelassen, denn von sich aus, machte er keine Anstalten sie zu erobern. Sie waren ja nun schon lange genug zusammen unterwegs und unter normalen Umständen, wären sie schon längst ein Paar geworden, es sprach auch nichts dagegen, nur auf Zeit zusammen zu leben, doch diese sexuelle Abstinenz war nicht mehr zu ertragen. Das war der Grund, warum sie es heute und bei dieser Gelegenheit, die sie absichtlich herbeigeführt hatte, endlich wissen wollte woran sie mit ihm war. Im Grunde ihres Herzens wusste sie aber, dass die Beziehung enden würde, wenn sie ein neues Engagement finden würde, doch bis dahin wollte sie das Leben mit ihm genießen und nicht wie eine Nonne leben.

In New Orleans angekommen, quartierten sie sich in einem Mittelklassehotel ein. Der Rest des Abends diente zur Erkundung der Bourbon Street mit seinen Cafés und den hübschen Restaurants. Dann ging's durch die berühmte Musik Street mit seinen hunderten Straßenmusikern und dem Nachtleben Hight Live, in den Jazz Blues und Dixieland-Clubs. Das war genau das, was Lena suchte, eine Möglichkeit irgendwo eine Band zu finden, die zu ihrer beruflichen Qualifikation passte.

Am nächsten Tag folgte ein Spaziergang durch das French-Quarter und den French-Market. Dann ging es zu einer berühmten, kultigen Schaufelrad-Dampfertour auf den Mississippi, wo sie sich einen Southern Fried Lunch gönnten und der Musik lauschten.

„Der Abend, steht uns dann wieder zur freien Verfügung, mit seinen unzähligen Live-Musik-Angeboten für jeden Geschmack, die in der Bourbon-Street stattfinden", sagte sie. Lena beschäftigte sich dann dort nur noch mit Musikern und Musik. Tatsächlich schaffte sie einen Kontakt und am Abend sollte sie vorsingen. Eigentlich war das mehr ein Mitsingen als ein Vorsingen, denn in New Orleans ist jeder sein eigener Produzent. Rudolph war jedenfalls restlos begeistert und offensichtlich auch die Band. Wie sie später berichtete, hatte sie einen Termin für ein Engagement in 14 Tagen bekommen. „Wenn alles klappt, bleibe ich hier, ich hoffe du verstehst das." „Natürlich, ich habe auch noch viel abzuarbeiten, aber die 14 Tage schenken wir uns noch. Was hältst du davon, wenn wir einfach weiterfahren und in den ersten Teil des mehr als 700 km langen Natchez Trace Parkway, dem Siedler, Indianer und Soldaten schon vor hunderten von Jahren gefolgt sind, abbiegen. Seit 2005 ist dieser nun durchgehend von Natchez bis nach Nashville befahrbar, für den Schwerlastverkehr allerdings gesperrt. Vorbei an Jackson fahren wir durch tiefe Wälder und Sümpfe. Unterwegs können wir noch eine kleine Tour zu Fuß durch einen Zypressenwald unternehmen, mit etwas Glück bekommen wir sogar Alligatoren zu sehen. Übernachten können wir in Tupelo, dem Geburtsort von Elvis Presley. Wenn wir Glück haben ist der Tupelo Hardware Store offen. Hier hat der King of Rock 'n Roll seine erste Gitarre gekauft. Das ist der Platz, wo die Geschichte des Rock 'n Roll ihren Anfang nahm." „Was du alles weißt!" „Ach was, ich habe das nur gelesen und wenn wir schon mal hier sind, diese Gelegenheit kommt nie mehr wieder, jedenfalls nicht für mich. Als sie dann im Elvis-Shop standen, ging Lena gleich zu den Gitarren. „Du, ich habe ja nur eine uralte Gitarre und wollte mir schon lange eine bessere kaufen, aber wenn ich mir die Preise so ansehe, wird mir schwindlig." Ja, wenn man was richtig Gutes haben möchte, kostet es natürlich etwas mehr." Während er sich noch im Shop umschaute, sah er, wie sie immer wieder die gleiche Gitarre aus der Halterung nahm, sie stimmte und Akkorde probierte. Der Verkäufer schaute auch zu ihr hinüber, vorsichtig und damit sie es nicht mitbekam, ging er zu ihm und bezahlte das gute Stück. „Komm, wir gehen", meinte sie dann und strebte schon dem Ausgang zu. Der Verkäufer rief hinter ihr her, ja wollen sie denn ihre Gitarre nicht mitnehmen?" Sie drehte sich abrupt um, ihr Gesichtsausdruck schwankte zwischen erstaunen und ärgerlich, doch als sie die beiden lächelnd an der Kasse stehen sah, ging ein grinsen über ihr Gesicht: „Wollt ihr mich veralbern, so was hab' ich mir schon immer gewünscht, aber mein Geld in eine Harley gesteckt, alles kann man nicht haben." „Doch, heute fällt Sonntag, Weihnachten und dein Geburtstag zusammen, ich schenke sie dir als Andenken an die schönen Biker-Tage." „Das kann ich nicht annehmen", protestierte sie. „Doch, das kannst du, die hast du dir redlich verdient." „Wie meinst du das?", fragte sie." „Darf ich dir nicht mal ein kleines Geschenk machen, dein Herz sehnt sich doch so sehr danach." Nach eine paar weiteren, vorgeschobenen Einwänden, gab sie sich geschlagen, dieser Verlockung einmal im Leben ein so einzigartiges Geschenk zu bekommen, konnte sie trotz aller Bedenken nicht widerstehen. Sie gab dem Verkäufer eine Adresse, wohin er sie schicken sollte. Als sie den Shop verlassen hatten, musste sich Rudolph weitere Vorwürfe anhören, die so klangen, >Ja hast du denn genug Geld, kannst du dir das überhaupt leisten, usw. „Lena", sagte er, „Du hast mir den Weg gezeigt, den ich nun gehen muss, mir ist einiges klar geworden, wenn du dein neues Engagement annehmen wirst, gehe ich zurück nach Europa." - Sie hatte es ja gewusst, trotzdem gab es ihr einen kleinen Stich in der Herzgegend, aber sie dachte wie die vielen Franzosen, die in dieser Gegend leben: >cel la vie <. Als Nächstes besuchten sie das Geburtshaus und die Gedenkkapelle von Elvis Presley in Tupelo. Am nächsten Tag erreichten sie Memphis und das berühmte Graceland – die Villa des verstorbenen Rock'n Roll Idols. Für die Nacht buchten sie sich im Peabody Hotel ein und gingen anschließend in die Beale Street, der Hauptstraße des Blues. B.B. King' s und auch viele andere Clubs luden zur Live-Musik vom allerfeinsten in Memphis ein. Am nächsten Tag warfen sie die Maschinen an, folgten der Hügellandschaft des Mississippi und trafen wieder auf den Natchez Trace Parkway. Dies war wohl der attraktivste Abschnitt dieser wunderschönen Straße der sie folgten, mit ihrem leichtem Kurven-Verhalten, gab sie einen Vorgeschmack auf das, was in den nächsten Tagen folgen sollte. Nashville Tennessee, mit seinen unzähligen Bars und Saloons, war das nächste absolute Pflicht-Programm. Der Wildhorse Saloon, einer der größten Plätze für die Country Musik Fans, hier war Lena in ihrem Element und blühte auf wie eine Rose. Die Südstaaten-Reise ging weiter durch das volle Programm, zunächst der Besuch der Jack Daniels Destillerie in Lynchburg. Leider konnten sie den Whiskey nicht so genießen, wie es dem berühmten Gebiet angemessen gewesen wäre, denn es ging immer weiter und weiter und Biken verträgt sich nun einmal nicht mit Alkohol. Danach trieb sie der Gasdrehgriff in die berühmte Eisenbahnerstadt Chattanooga, welche dank des Glenn Miller Songs >Chattanooga Choo Choo < keine Werbung nötig hat, hier kommt man ohnehin vorbei. Die kurvenreiche Aussichtsstraße führte sie weiter zum Parkplatz unterhalb des Berg-Gipfels. Hier entschlossen sie sich zu einer Wanderung durch die Felsenhöhlen und engen Schluchten, vorbei an einem Wasserfall und über eine Hängebrücke zum Aussichtspunkt, von wo aus man einen weiten Blick über sieben US-Bundesstaaten genießen konnte.

Am nächsten Tag stand die größte Attraktion für alle, die das Motorradfahren lieben, auf dem Programm. Nach einer sich im Anspruch steigernden Fahrtstrecke über den kurvenreichen >Cherohala Skyway<, erreichten sie >Deals Gap <. die Strecke hat auf einer Länge von 17,6 Km insgesamt 318 Kurven, so etwas findet man wohl auf der ganzen Welt nicht oft. Sie staunten über die Scharen von Motorradfahrern, die hierhergelockt werden. Ebenso über den Baum der Schande, an dem die diversen Motorradteile von denen liegen, die es übertrieben haben. >Seid gewarnt <, sagten man ihnen, >der Drache beißt zu und erwischt die allzu Leichtsinnigen. < Dann kauften sie sich noch einen kleinen Aufkleber für den Helm, der Beweis, dass sie hier gewesen waren.

Anschließend ging es wieder 11 Meilen den Berg runter, eigentlich die noch gefährlichere Strecke der Tour und übernachteten am Fuße der Great Smoky Mountains in Gatlinburg.

Am Morgen ging es weiter mit dem Kurvenfahren. Sie durchquerten den Great Smoky Mountains Nationalpark, mit seinen scheuen Schwarzbären, die hier leben. Über unzählige Pässe und Kurven, durchquerten sie die Berge und besuchten in Cherokee den Verwaltungssitz des gleichnamigen Indianerstamms. Gegen Mittag kamen sie im berühmtem Maggie Valley an, wo sich auch das weltweit einzigartige Motorradmuseum, „Wheels through time" von Dale Walksler befindet. Anschließend setzten sie ihre Tour über den weltbekannten Blue Ridge Parkway durch North Carolina fort, durchquerten das >amerikanische Transsylvanien < und erreichten den Raum Anderson in South Carolina. Am Ende hatten sie in den letzten Tagen mehr als 3000 Kurven unter die Räder genommen. Weiter ging es durch die Bundesstaaten South Carolina und Georgia, in Richtung der Atlantikküste. Über schöne Landstraßen kamen sie nach angenehmer Fahrt in Savannah an. Hier nahmen sie die Gelegenheit war, an einer englischsprachigen Trolley-Tour durch die Stadt teilzunehmen. Filme wie „Vom Winde verweht" und „Forrest Gump" wurden hier gedreht. Am Morgen verließen sie Savannah, um durch das Marschland im Landesinneren in Richtung des Sonnenschein-Staates Florida zu fahren, vorbei an Brunswick und nach St. Simon. Auf einer der vorgelagerten Inseln machten sie eine Kaffeepause. Nachdem die Bundesgrenze nach Florida überquert war, erreichten sie nach kurzer Fahrt den Atlantik und folgten bis zur Mittagspause der Uferstraße. Anschließend benutzten sie die Fähre über die Bay und kamen nach Jacksonville Beach, das Endziel der Südstaaten Rundreise. >Daytona Beach <, - hier befindet sich der flächenmäßig größte Harley-Davidson-Laden der Welt für den sie sich einen ganzen Tag Zeit nahmen. Hunderte Motorrad-Freaks standen herum, gingen von einer Maschine zur andren und diskutierten, tauschten Erfahrungen und Erlebnisse aus. Wenn man hier mitreden wollte, musste man mindestens eine Million Kilometer mit der Harley unterwegs gewesen sein. Anfangs standen sie nur dabei und hörten zu. Rudolph stellte dann eine Frage, man bemerkte seinen Akzent und fragte, wo er herkam.

Als er dann als Deutscher identifiziert war, wuchs das Interesse von Minute zu Minute. Die Arena löste sich auf und immer mehr Fransen-Träger umringten sie. Man wollte wissen, ob es in Old Germany Harley Clubs gab, welche interessanten Bergstrecken es gab und natürlich auch, wie ihnen >Deals Gap< gefallen hat. Lena meinte: „too Exhausting", Rudolph sagte begeistert: „lots of fun", was Lena mit: „typikal men", kommentierte. Alle lachten, dann aber ging es ans Eingemachte, so schnell wie sie gedacht, kamen sie hier nicht wieder weg. Man schleppte sie zum Drink, tauschte Adressen aus und verabredete eine gemeinsame Biker-Tour durch Deutschland, die Rudolph zu organisieren versprach. Der Tag des Abschieds war gekommen, sie versprachen sich, die Verbindung untereinander aufrecht zu halten, obwohl das schon wegen den Entfernungen der Welten in denen sie lebten, sehr schwierig war. Dann verabschiedeten sie sich, wohl wissend, dass es ein Wiedersehen nicht geben würde. „Eines Tages, wenn ich wieder in Old Europa auf Tournee bin, besuche ich dich und deine Familie und danke für die schöne Zeit", sagte Lena und fuhr mit

einer dicken Träne im Auge, die nicht vom Fahrtwind her-
rührte, über den National Highway zurück nach New Orleans.
Rudolph gab die Maschine bei der internationalen Harley-Leih-
Agentur ab und flog nach Bosten, wo er sich um sein Schiff
kümmern musste.

Abschied

Es ist schon spät,
Ich kann dich verstehen,
Du musst nun gehen,
Allein deinen Weg,
Durch Raum und Zeit,
In die Ewigkeit.
Hoffnung – alter Freund,
Die uns wieder vereint.

Rei©Men

Kapitel 12 Erfahrungen

Bevor mit den Reparaturarbeiten an der Yacht begonnen wurde, hinterlegte Borchert in der Werft eine Kaution, die dann mit den anfallenden Reparaturkosten verrechnet wurde. Die Überweisung tätigte er von einem Computer in der Werft. Die Batterien wurden ausgetauscht, der Motor lief auch wieder. Jetzt stellte sich auch heraus, warum er nicht angesprungen war. Der Werftmeister vermutete gleich, dass die Yacht in einen schweren Sturm geraten war und sich der schmutzige Bodensatz im Dieseltank aufgeschwemmt hatte. Danach sind in aller Regel die Dieselleitungen und die Kraftstoff-Filter so verschmutzt, dass kein Kraftstoff mehr angesaugt werden kann, weil auch die Filter in den Dieselleitungen verstopfen und ausgetauscht werden müssen. >Wieder was dazugelernt<, dachte er bei sich.

Die Segelmacher lieferten ein neues Großsegel. Die Polsterer brachten den Salon wieder in Ordnung, größere und kleinere Beschädigungen wurden beseitigt und nach ein- zwei Wochen, war die Yacht wieder wie neu. Karl-Heinz Borchert hieß er jetzt, daran musste er sich erst noch gewöhnen. Schwerer fiel es ihm, den alten erfahrenen Skipper zu mimen, denn nach wie vor hatte er erhebliche Defizite in der Seemannssprache und im seemännischen Fachwissen. In der Nähe von Bosten fand er einen kleinen Hafen und meldete sich kurzerhand zu einem theoretischen und praktischen Segelkurs an. Inzwischen wohnte er auf dem Adventure, so umging er zu viele Fragen, z. B. die, weshalb ein Schiffseigner noch Segeln lernen musste. Notfalls hätte er gesagt, dass er die Yacht erst vor Kurzem gekauft hatte und bisher nur Binnensegler gewesen war. Nach drei Monaten besaß er die ersten Segel- und Motorbootführerscheine. Um sich mit der gesamten Technik einer Yacht vertraut zu machen, arbeitete er ohne Bezahlung in der Reparatur-Abteilung der Werft mit. Der Werftmeister war zunächst erstaunt, als er aber hörte, dass Karl-Heinz das alles nur machte, damit ihm dieses Malheur, ohne Strom und ohne Motor auf hoher See Wind und Wellen schutzlos ausgeliefert zu sein, nicht nochmal passieren durfte, war er einverstanden. Nach einiger Zeit hatte er sich so gut eingearbeitet, dass man ihm ein Angebot zur ständigen Beschäftigung machte. Doch er musste es ablehnen, weil er zur Vervollkommnung seiner Segler-Laufbahn, praktische Segelerfahrungen mit anderen Skippern machen wollte. Im Internet fand er dann eine passende Crew, die sich in den karibischen Gewässern um Kuba und in Florida herumtrieb und einen Crew Member suchte. Kurz entschlossen segelte er auf ihrem Schiff ein paar Wochen lang mit, um Erfahrungen zu sammeln. Nun suchte er seinerseits erfahrene Mitsegler und segelte mit ihnen auf seinem Adventure nordwärts bis zu den großen Seen. Auf diesen Reisen sammelte er weitere Erfahrungen und fühlte sich immer mehr als Seemann, ja mehr noch, das Seglerleben gefiel ihm immer besser, die Lebensangst war wie weggeblasen, er fühlte sich endlich wieder wie ein freier Mensch, der Druck war raus, er musste nichts mehr müssen, nein er tat nur noch das, was ihm Spaß machte und genoss das neue, sorgenfreie Leben, nur seine Nina fehlte ihm. Sollte er mit ihr Kontakt aufnehmen? Immer wieder schob er es hinaus, ihm fehlte der Mut, er wusste nicht wie sie es aufnehmen würde. Andererseits waren seit seiner Anlandung in Boston schon wieder mehrere Monate vergangen und es wurde langsam Zeit sie anzurufen, denn er hatte keine Erklärung für einen weiteren Zeitverlust. Sie würde ihn ewig fragen, warum er sie nicht gleich nach seiner Rettung angerufen hatte. Für diese Lücke konnte er als einzige Erklärung anführen, dass er sich von den Strapazen erst erholen musste. In Wahrheit waren ihm Seebeine gewachsen, die Segelei war ihm zugefallen, als hätte ihn ein Engel mit seinen Flügeln gestreift und dabei etwas mehr Verstand eingehaucht. Er hatte Zeit gehabt über sein bisheriges Leben intensiv nachzudenken und der Auslöser, da machte er sich keine Illusionen, war seine geheimnisvolle Begegnung mit Nina gewesen. Zwei Ereignisse, die kurz hintereinander folgten, hatten ihn intellektuell aufgescheucht und Bilanz machen geheißen.

Wenn du den Wettlauf mit den Sorgen und
Zwängen des Alltags gewinnen willst,
darfst du die Stoppstellen nicht überfahren.

Rei©Men

Und das hatte er mehrfach getan, nun bekam er die Strafzettel ins Haus geliefert. In seinem Inneren reifte die Erkenntnis, in Zukunft nicht den leichten, sondern den gescheiten Weg einzuschlagen.

Das Gewissen

Unser Herz bestimmt,
Was wir Menschen sind,
Wird in guten Tagen,
Dir schönes sagen,
Bei bösen Taten,
Wird es dich mahnen,
Zum Guten raten,
Du musst's nur befragen.

Rei©Men

Kapitel 13 Reiner Tisch

Als er die elektronischen Anlagen auf dem Adventure wieder nutzen konnte, griff er auf seine eigenen Dateien zu. Rudolph hatte einige Aufzeichnungen gemacht, bei welchen Investitionen er wieviel eigenes Geld in dieses neue IT/CNC-Geschäft investiert hatte. Auch die Einzahlungen seiner Geschäftspartner hatte er genauestens festgehalten. Diese Unterlagen befanden sich in seinem elektronischen Datenspeichern, einer sogenannten >Cloud <. Alle Codes und die Passwörter hatte er im Gedächtnis. Auf „seinem Schiff" hatte er auch einen neueren Laptop gefunden. Nachdem nun in der Werft alles generalüberholt worden war, konnte er über die Satelliten-Antenne darauf zurückgreifen. Als er den Computer hochfuhr sah er, dass Borchert keinen Passwortzugang eingerichtet hatte, vermutlich, damit er im Seegang schneller auf ihn zugreifen konnte. Als er das Konto der Einzahler prüfte, staunte er nicht schlecht über den Kontostand. Das würde aber mit Sicherheit nur so bleiben, wenn er die Dividenden bald auszahlte.

Durch seine Idee mit den CNC-Fräsmaschinen, hatte er doch tatsächlich und ohne Mühe einen großen Erfolg zu verbuchen. Doch er befürchtete, dass die Firma ohne neue Anleger den Kapitaldienst nicht schaffen würde, weil das Ganze als ein verkapptes Schnee-Ballsystem ausgelegt war, das spätestens dann zusammenbrechen musste, wenn keine neuen Investoren mehr anbeißen würden. Um sich endlich ehrlich zu machen, beschloss er den Investoren ihr Kapital zurückzuerstatten. Doch dann zögerte er und überwies nur die angefallenen Gewinne. Die Bilanzen seiner Firma, konnte er sich natürlich von den EDV-Dateien herunterladen, das fiel nicht weiter auf. Seine Berechnungen ergaben sogar, dass er nach dem Verkauf der Maschinen und der Auflösung der Firma, nur ca. eine halbe

Million vom Eingemachten dazulegen musste, um alles zurückzahlen zu können. Das war ungefähr der Betrag, den er schon für sich aus diesem Geschäft abgezweigt hatte. Zunächst wollte er die flüssigen Mittel der Firma über die Konten verschiedener Verschlüsselungs-Systeme und Geldwanderwege zu den Cayman Islands und über andere Geldwaschmaschinen auf neue Konten umschichten. Erst dann wollte er das Anlage-Kapital und die versprochenen Gewinne, ohne Kommentare an die einzelnen Anleger überweisen und legte sich einen Zahlungsplan an. Erst danach konnte er auch alle Daten auf den Computern löschen. Auf den Konten wollte er noch einen geschätzten Betrag, den der Geschäftsführer für die Abwicklung der restlichen Verbindlichkeiten benötigte, belassen. Von daher waren dann keine Forderungen mehr gegen ihn zu erwarten, sein altes Leben war damit ausgelöscht. Es musste nur noch ein wenig Gras über die Sache wachsen und das benötigte viel Zeit, Zeit die er am besten als Herr Borchert auf hoher See verbrachte. Die Abwicklung der Firma konnte er aber erst durchführen, wenn Rudolph Kaiser von den Toten wieder „auferstanden" war, sonst wäre seine Mimikry aufgeflogen. Eine weitere Frage beschäftige ihn ungemein und brannte ihm unter den Nägeln: >Was würde Nina sagen, wenn er sie anrief? < Würde sie ihm verzeihen, denn er hatte sich für seinen Neuanfang vorgenommen, ihr seine Eskapaden und den Gefängnisaufenthalt bis auf die Begegnung mit Lena zu beichten. Wer den Tod des Auftragskillers verursacht hatte, wusste außer ihm niemand, da konnte man nur Vermutungen anstellen, denn solche Leute haben naturgemäß viele Feinde. Doch auch diese Geschichte musste bereinigt werden. Deshalb beauftragte er einen Detektiv in Deutschland, einmal nachzuforschen, was aus seinen ehemaligen Gauner-Arbeitgebern geworden war. Schon nach ein paar Tagen kam die Antwort. Die Gruppe war nicht mehr auffindbar, hatte sich wohl aufgelöst, weil der Chef bei einem Motorradunfall ums Leben gekommen war. Damit hatte sich das auch erledigt, er hatte sowieso vermutet, dass man die Leiche des Killers nicht bei der Polizei abgegeben hatte. Dieser größte schwarze Punkt in seinem Leben, würde wohl für ewig auf seinem Gewissen lasten, damit musste er klarkommen, er konnte auch mit niemand darüber sprechen, das war so und das blieb so. Der Detektiv berichtete allgemein, wen er observiert und was er herausgefunden hatte. Unter anderem berichtete er von einem Herrn Bernd Schneider, der sich in unklarer Absicht seiner Freundin Nina genähert hatte, wohl um Näheres über den Verbleib von Rudolph Kaiser herauszufinden, das vermutete er jedenfalls. Er fragte an, ob Rudolph den Mann kennen würde. Rudolph verneinte, bat aber um weitere Erkenntnisse, denn der Verdacht war berechtigt, dass die Gangster über Nina etwas über seinen Verbleib herausfinden wollten und die Methoden, die sie dabei anwandten waren nicht die allerfeinsten, insofern war Nina gefährdet. In einer weiteren Mail, teilte der Detektiv dann mit, dass es sich wohl „nur" um einen Kommilitonen von Nina Bothram gehandelt hatte, der, wie er beobachtet hatte, einmal bei ihr übernachtete. Das Problem mit der CNC-Technik Firma verschob er in den Zeitrahmen nach seiner „Wiederauferstehung", denn er hatte sich überlegt, dass doch inzwischen eine Menge Arbeitsplätze dranhingen und auch die Familie Petersen durfte er nicht vergessen, weil sie ihm vertraut hatte und letztlich ihre ganze Existenz davon abhing, dass der Betrieb ein Erfolg wurde. Insofern hatte sich in seinem Denken und Handeln einiges geändert.

Was Nina anging, so wusste er nur, dass er sie sehr liebte. Bevor er sie kennenlernte, hatte er nicht gewusst, was Liebe ist, dieses Gefühl kannte er nicht, hatten all seine Bekanntschaften nicht in ihm ausgelöst. Doch als er im Zauberwald der Havellandschaft bei Berlin Nina kennenlernte, hatte der Blitz eingeschlagen. Das war kein Besitzen wollen, keine Eroberung an die er sich gern erinnern konnte, das hatte eine andere Dimension. Er wollte sie schützen wie seinen Augapfel, ihr dienen und untertan sein, vielleicht mit ihr Kinder zeugen, sie nie mehr betrügen und schwor sich, sie zur glücklichsten Frau der Welt zu machen. Doch würde sie ihn noch wollen? Hatte sie ihn nicht längst abgeschrieben? Das musste er baldmöglichst herausfinden, der Weg in die Zukunft war nun offen und die ersten Schritte dazu hatte er ja nun schon gemacht, weitere würden folgen.

Liebesfreud

Dein Frauenherz hat sich mir zugewandt,
Wie ich's liebseliger nie geahnt,
Ein Zaubergarten gänzlich unbekannt,
Von holden Blütenträumen eingerahmt.

Du gibst mir Küsschen auf die Wange,
Ich erwidere es auf den Mund,
Ach, mein Mädchen sei nicht bange,
denn Küssen ist nicht ungesund.

Lieblich künd' sich der Morgen wieder,
Nach selig süßer Liebesnacht,
Liebchens Haar fließt um mich nieder,
Hörst du der Nachtigallen Schlag?

Rei©Men

Kapitel 14 Ella - Rückblende

Der Anruf bei Nina ließ Ella keine Ruhe, deshalb fuhr sie nach Bremen, wo Nina studierte, sie traute der Sache nicht und wollte mit ihr persönlich, von Angesicht zu Angesicht drüber sprechen. Immer schon hatte sie das Gefühl gehabt, das ihr Sohn noch lebte. Es war nicht so wie bei vielen Müttern, die sich mit der Situation, dass ihr Kind tot war, nicht abfinden wollten. Das hing damit zusammen, dass Rudolph schon seit einiger Zeit auf Abwege geraten war und ihr Sorgen bereitete. Außerdem war er schon einmal untergetaucht, als er von den Automardern verfolgt wurde. Hinzu kam die Überlegung, dass ein Mann, der „verschwinden" wollte, nur mit einer Badehose bekleidet nirgendwohin gehen konnte. Zudem waren alle seine Papiere, der Geldbeutel und sein Talisman, der immer an einem kleinen Kettchen um seinen Hals hing, in seinem Zimmer gefunden worden. Das Amulett mit dem Wassermann, schenkte sie ihm zu seinem 10. Geburtstag, weil er immer nach seinem Vater gefragt hatte. Sie hatte es selber einmal von Fiete als Andenken bekommen, sagte ihm aber nur, dass sie es von seinem Vater bekommen hätte. Er wusste natürlich nicht, dass es von Fiete stammte, doch der Zufall, dass sie ebenfalls im Zeichen des Wassermannes geboren worden war, machte die Verkettung ihrer beiden Schicksale noch deutlicher. Der Wassermann verband Ella, Fiete und ihren Sohn Rudolph auf magische Weise. Bei anderen Besuchen war ihr aufgefallen, dass Rudolph ihn auch beim Baden nicht ablegte. Sie fragte sich, warum er den Talisman gerade an diesem Schicksalstag auf den Nachttisch legte, hatte er dadurch seine Schutzwirkung verloren? Das beschäftigte sie seit seinem Verschwinden? Konnte ein Mann nur mit einer Badehose bekleidet ein neues Leben anfangen? Sie schaute zu wiederholten Malen alle seine Sachen durch, es war alles vorhanden, Führerschein,

ein Schlüsselbund, Scheck- und Visakarten und auch sein Handy. Ohne dieses Teufelsding, kann doch die jüngere Generation überhaupt nicht mehr leben, dachte sie, da musste etwas anderes passiert sein. Alle anderen Überlegungen war sie immer und immer wieder durchgegangen, ihre letzte Hoffnung war jetzt noch Nina, von ihr erhoffte sie sich einen Hinweis zu bekommen.

Nina war sehr überrascht, als sie sich vorstellte. Beide merkten jedoch recht schnell, dass sie das Leid und die Hoffnung, dass Rudolph eventuell noch lebte, wie ein unsichtbares Band vereinte. Ella erzählte ihr ihre Geschichte freimütig und Nina hielt mit ihren Gefühlen für Rudolph auch nicht hinter dem Berg. Im Ergebnis brachte der Besuch jedoch keine neuen, nennenswerten Erkenntnisse. Ella reiste wieder ab, nicht ohne eine Einladung zu ihrer bevorstehenden Hochzeit mit Fiete auszusprechen. „Wir bleiben in Kontakt und wenn sich die geringste Kleinigkeit ergibt, telefonieren wir." Das versprachen sie sich in die Hand. Kurz danach bekam Nina einen Anruf der dritten Art vom anderen Ende des Universums, so schien es ihr jedenfalls, doch sie konnte gegenüber Ella ihr Versprechen nicht einhalten. Lange überlegte sie, wie sie aus dieser üblen Zwei-Stühle-Situation herauskommen konnte. Aber es gab keinen Ausweg, jedenfalls vorläufig nicht, sie musste abwarten, bis sich eine Gelegenheit auftun würde.

Es gibt kein immerwährendes Glück auf Erden,
aber viele Glücksmomente zum glücklich werden.

Rei©Men

Kapitel 15 Nina und Rudolph

Es war fast ein ganzes Jahr her, seit Ninas und Rudolphs Kennenlernen im Morgengrauen. Rudolph meldete sich mit seinem neuen Namen. „Hier Borchert", sie erkannte ihn sofort an seiner Stimme. „Rudolph, bis du es?" „Ja", dann kam eine lange Pause, er ließ ihr etwas Zeit diese Nachricht zu verdauen. „Hörst du noch", „ja", „bitte, höre mir genau zu und stelle keine Fragen, mir ist etwas Seltsames passiert, das möchte ich dir alles persönlich berichten. Hast du noch genügend Geld für ein Ticket nach Boston?" „Ja, das könnte reichen." „Gut du bekommst es zurück." „Sag mal, was ist denn passiert? Warum meldest du dich nicht, deine Mutter hat mir mitgeteilt, dass du ertrunken bist und wollte wissen, ob ich etwas über deinen Verbleib wüsste oder über dein Verschwinden berichten könne." „Du, ich kann dir das nicht am Telefon erklären, komm einfach her, du hast doch jetzt Semesterferien." „Nein, ich bin jetzt Frau Dr. Nina Bothram. Gut ich komme, aber du musst mir noch deine neue Adresse und die Telefonnummer geben. " „Gratuliere, du hast es also geschafft, aber das geht nicht. Ich liege im Bostoner „Manchester Yachtclub, wenn du morgen oder übermorgen ankommst, nimm bitte ein Taxi und fahre hier her, ich warte auch ein halbes Jahr auf dich, wenn es sein muss. Frage den Hafenmeister nach meiner Yacht."

Sie beteuerten sich gegenseitig, dass sich zwischen ihnen nichts geändert hatte. Rudolph schärfte ihr ein, dass sie seiner Mutter und vor allem den Behörden, noch nichts von seinem Wiederauftauchen erzählen solle. „Das kannst du doch nicht machen, sie ist deine Mutter, sie denkt immer noch, dass du tot bist. Sie will dich für tot erklären lassen, das ist in deinem Fall in ein zwei Monaten." „Danke für die Info, ich habe wirklich sehr wichtige Gründe gehabt, so zu handeln, alles Weitere besprechen wir, wenn du hier bist, Ok?" „Nein, verstehe ich nicht, also dann bis in ein paar Tagen", danach legte sie auf. Ungeduldig wartete er auf die Ankunft von Nina und war gespannt wie eine Bogensehne. Die schwerste Aufgabe stand ihm noch bevor, er musste Nina alle seine Sünden beichten und sie überreden, mit ihm eine längere Seereise zu machen. Was würde sie sagen, wenn sie erfuhr das er ein geläuterter Verbrecher war. Er hatte betrogen und aus Notwehr einen Killer getötet, sonst wäre er gestorben. Ob sie wohl für seine Taten Verständnis haben würde? Er musste jedenfalls sehr behutsam vorgehen und ihr die bittere Medizin in möglichst kleinen Portionen verabreichen. Nina stieg mit gemischten Gefühlen aus dem Flieger, da war einmal die riesige Freude das er noch lebte, dazu kam das bevorstehende Wiedersehen und andererseits der Ärger darüber, dass er sich so lange nicht bei ihr gemeldet hatte. Sie überlegte sich auch sehr lange, ob sie ihm von ihrer kleinen Liaison mit ihrem Kommilitonen Bernd erzählen sollte und entschied sich zu schweigen. Sie dachte sich, jeder Mensch muss mindestens ein kleines Erlebnis gehabt haben, das er in seinem inneren Geheimfach verbarg. Bernd Schneider hatte sich schon lange um sie bemüht und war ihr mit der Zeit ein guter Freund geworden. Sie hatte ihm gegen über nie Zweifel offengelassen, dass sie mit ihm keine Liebesbeziehung eingehen wollte. Er fand sich scheinbar damit ab und bedrängte sie nicht. Doch Bernd war eben in Sie verliebt, kümmerte sich um sie, half ihr wo er konnte und gelegentlich gingen sie dann auch mal in eine Disko, er wartete geduldig auf seine Chance. Wahrscheinlich dachte er, würde sie irgendwann kommen. Bernd' s Eltern waren etwas „betuchter", sodass er sich ein eigenes Auto leisten konnte, das war natürlich sehr praktisch und führte dazu, dass sie ihn oft als Taxichauffeur benutzte. Indessen vergingen die Studienjahre und die platonischen Beziehungen gingen über die gegenseitige Hilfe beim Lernen und die kleinen Hilfsleitungen, wo Frauen eben männliche Hilfe benötigen, nie hinaus. Doch dann passierte es, sie waren wieder mal zusammen auf einem Stadtbummel unterwegs und anschließend in ihrer Lieblingsdisko gewesen. Bernd brachte sie mit seinem Auto bis vor die Haustür, heute jedoch, war irgendetwas anders als sonst. War es das Wetter, die Stimmung oder nur eine Laune? Morgen war Sonntag, es war noch nicht sehr spät und er fragte sie einfach, ob er noch auf ein Glas Wein mit reinkommen dürfe. Nach all dem Vorangegangenen konnte sie seine bitte überhaupt nicht ablehnen. Nina dachte nur ganz kurz an Rudolph, doch der war nicht mehr da, Bernd dagegen schon und zwar sehr körperlich, dann sagte sie; „Ja, aber nicht zu lange." Aus der einen Flasche wurden dann zwei, Bernd konnte natürlich nicht mehr fahren und eigentlich mochte sie ihn ja gut leiden. So gingen die Dinge und die Bedürfnisse des Lebens ihre eigenen Wege und auf die, haben die Menschen oft keinen Einfluss. Als sie wieder nüchtern waren und an ihrem Frühstückstisch saßen, brachte sie ihm nahe, dass dieser Ausrutscher ein einmaliges, nicht wiederholbares Ereignis sein würde. Von diesem Tage an, hielt sie sich von Bernd fern, denn sie hatte sich nun selbst besser kennengelernt, als es ihr lieb war. All diese Dinge gingen ihr während des Fluges durch den Kopf, doch dann setzte der Flieger auf und mit dem Ruck, dem quietschen der von Null auf 180 km/h beschleunigten Räder des Hauptfahrwerkes, nahmen ihre Gedanken eine andere Richtung, der kleine Ausrutscher war abgearbeitet und erledigt.

Ein Taxi setzte sie mit ihrem Rollkoffer vor dem Hafenmeister-Büro ab. Die Spannung steigerte sich noch, als man ihr erklärte, dass kein Eigner namens Kaiser im Hafen liegen würde oder festgemacht hatte und fragte sie, wie das Schiff heißen würde. Weiß ich nicht, aber er ist Deutscher ergänzte sie. „Ach ja!", machte es beim Hafenmeister klick, „da ist neulich ein havarierter Deutscher in den Hafen eingeschleppt worden, den haben wir dann an einen anderen Liegeplatz hinten bei der Werft verholt, weil sein Motor nicht mehr lief." Er schaute in seinem Liegeplan nach und sagte: „Der heißt aber Borchert, am besten sie lassen ihren Koffer hier, nehmen mein Fahrrad und fahren zum Liegeplatz 18 c, wenn er das nicht ist, kann ich Ihnen auch nicht helfen. Doch, - er dachte noch einmal laut nach und meinte: „Sind sie sicher, dass Ihnen dieser Hafen genannt wurde?" Er gab ihr einen Hafenplan, der den Plänen von Campingplätzen ähnelte. Sie schaute kurz drauf und sagte: „Ja, eindeutig, er sagte mir am Telefon Manchester Yachtclub und der ist hier." Nina kam aus dem Staunen nicht mehr heraus, wie kam Rudolph auf eine Yacht und in diesen Hafen. „Ja, es muss dieser Hafen sein", bekräftigte sie noch einmal. „Gut, wenn Sie ihn nicht finden, gehen wir nachher nochmal die Liste der Eigner durch, es sind ja nur 1387." Dabei ließ er ein verschmitztes Lächeln aufblitzen, das ihr anscheinend Mut machen sollte. „Ach, noch eins, achten sie schon mal auf die Beflaggung, sie kennen ja sicher die deutsche Fahne, sie ist schwarz-weiß-rot." „Ne," entgegnete sie, „das war einmal, jetzt ist sie schwarz-rot-gold und vielen, vielen Dank für Ihre Hilfsbereitschaft." Dann stieg sie auf das Klapprad und verschwand zwischen den Stegen. Nina fuhr zuerst zum Steg 18 c, doch an dem Liegeplatz hatte ein Österreicher festgemacht. Nach und nach klapperte sie alle Stege ab, fand jedoch nichts Schwarz-Rot-Goldenes. Langsam bekam sie einen Kloß im Hals, der immer dicker wurde. Wie sollte sie ihn denn finden, sie hatte nicht mal seine Handynummer, kein Rückflugticket und nur noch ein bisschen Geld, das vielleicht für eine Mahlzeit reichte. Sie überlegte kurz und fuhr dann zum Steg 18 c zurück. Und da stand er, der Mann mit einem Vollbart, an Bord eines österreichischen Schiffes, grinste sie frech an und sagte: „Na, wie geht es ihnen denn so Frau Dr. Bothram?" „Beschissen Herr Borchert, sind sie jetzt unter die Seeräuber gegangen?", antwortete Nina in Bezug auf sein neues Outfit schlagfertig.

Dann half er ihr an Bord und sie fielen sich stürmisch in die Arme. Nach nicht enden wollenden Küssen, machte sie sich frei und fragte: „Sag mal, was machst du denn für Sachen, wie kommst du auf dieses fremde Schiff und wieso heißt du jetzt Borchert? Der Hafenmeister sagte es gebe kein deutsches Schiff und keinen Herrn Kaiser, ich war schon am Verzweifeln und hab' überlegt, einen Job anzunehmen, um mir das Geld für den Rückflug zu verdienen." „Zu viele Fragen auf einmal", meinte er und reichte ihr sein Tagebuch, dass er seit seiner Kollusion sorgfältig geführt hatte. „Hier lies das mal, dann wirst du alles verstehen, was inzwischen passiert ist. Das Schiff hat mich fast getötet und gehört nun mir, weil ich es ohne Besatzung auf hoher See aufgebracht habe. Den Eigner-Namen und die Identität von Borchert habe ich im Moment wegen der vielen Fragen in allen Häfen angenommen. Das werde ich aber wieder ändern, wenn ich meine Angelegenheiten geregelt habe, das kann nicht mehr lange dauern. Borchert muss wohl in der Nordsee ertrunken sein." „Richtig, in Greetsiel wurde kurz nach deinem Verschwinden eine männliche Leiche ohne Papiere angespült, alle dachten, dass du es bist, aber deine Mutter kannte den Mann überhaupt nicht." „Du kennst meine Mutter?" „Ja, sie hat mich auf deinem Handy angerufen und danach besucht, sie wird jetzt wohl deinen Vater heiraten." Jetzt war er platt, „meinen Vater, den hat sie mir 28 Jahre lang verschwiegen." Und dann erzählte sie ihm alles, was sie von Ella und Greetsiel erfahren hatte und das Fiete sein Vater sei. „Sag mal, hast du schon mal in Österreich nachgeforscht ob Borchert Familie hat?" „Na klar, ich habe einen Detektiv damit beauftragt, er fand heraus, dass es dort keine Verwandten mehr gibt. Seine Frau starb bei einem Autounfall. Das war wohl der Grund weshalb er Fahrtensegler wurde, das ist nun schon über zehn Jahre her. Dann muss er wohl in einem Sturm über Bord gegangen sein." „Bestimmt, denn man brachte dein Verschwinden nicht in Zusammenhang mit der angespülten Leiche. Ella erzählte mir, dass er auf dem Friedhof von Greetsiel seine letzte Ruhe, eine Urnenbestattung erhalten hat." „Und meine Mutter, glaubt sie immer noch, dass ich ertrunken bin?" „Anfangs hoffte sie, dass du dein Verschwinden nur inszeniert hattest. Das war schon mal der Fall, wie sie sagte, doch damals hast du dich schnell wieder bei ihr gemeldet, was diesmal nicht der Fall war. In ein paar Wochen will sie Fiete heiraten und dich vorher für tot erklären lassen. Die Frist dafür, ein Jahr, ist fast abgelaufen, so hat sie es mir gesagt. Sie war wohl schon immer in Fiete verliebt, wollte jedoch seine Ehe mit Trude nicht kaputtmachen, wie sich dann herausstellte war die aber schon lange kaputt." „Und ich habe sie tausendmal gefragt, wer mein Vater ist. Immer ist sie ausgewichen und sagte nur, wenn ich dir das erzähle, werde ich unendliches Leid über eine andere Familie bringen. Jetzt wundert mich das nicht mehr, - na prima, dann kommen sie nun doch noch zusammen, jetzt wird mir auch klar, warum sie immer so einen verklärten Blick bekam, wenn Fiete auftauchte." „Eine tolle Geschichte und niemand wusste davon, nicht einmal Fiete", sagte Nina. „Jetzt wird mir einiges klar, Fiete hat die Gastwirtstochter Trude geheiratet, obwohl er in meine Mutter verliebt war und meine bescheidene Mutter wollte ihrer alten Freundin nicht schaden. Sie hat mir nur mal beiläufig erzählt, dass sie als junge Mädchen beide in Fiete verknallt waren. Doch das ist lange her und nun bekommt sie ihn doch noch." „Ja", antwortete Nina, „Trude hat schon seit Jahren ein Verhältnis mit dem Oberkellner aus ihrem Lokal. Fiete sagte, dass er damals auch in deine Mutter verliebt war, aber Trude war die aktivere der beiden und hat sich Fiete einfach gekrallt." „So war das also gewesen." Dann rechnete er schnell mal nach und sein stilles Schmunzeln, ging in ein knallendes Lachen über: „Das is' n Ding, meine Mutter hatte mit Fiete ein Verhältnis, schau – schau, was man da alles so erfährt." „Sei doch froh, sonst gäb'

es dich ja überhaupt nicht." „So – so, Fiete und meine Mutter."
„Sag mal, warum willst du deine Identität verleugnen, hast du
so schlimme Sachen gemacht, dass du abtauchen musst?" „Ich
habe dir doch versprochen, mein Leben zu ändern, daher ist es
für mich ein Glücksfall, wenn ich noch ein Weilchen tot bleibe.
Mindestens so lange, bis Gras über die Sachen gewachsen ist."
Dann erzählte er ihr doch noch ein paar Einzelheiten von seinen Verfehlungen und am Ende der Beichte fragte er sie, ob
sie ihn unter seinem richtigen Namen heiraten würde. „Das
werde ich mir schwer überlegen, ich muss erst mal abwarten,
ob deine Wiedereingliederung in die Gesellschaft erfolgreich
verläuft." „Also gut, fangen wir gleich damit an, wo ist dein
Gepäck?" „Beim Hafenmeister, ich muss ihm sowieso sein
Fahrrad zurückbringen, der wird schon lange auf mich warten." Inzwischen war es Abend geworden, Rudolph nahm das
Bord-Fahrrad, sie setzte sich übermütig hinten drauf und dann
schaukelten sie mehr als sie fuhren zum Hafenbüro. Als sie zurückkamen, fand Nina endlich etwas Zeit sein Tagebuch diago-
nal zu lesen. Beim Abendessen an Bord sagte er: „Weißt du,
ich werde meine Mutter zur Strafe, dass sie mir meinen Vater
unterschlagen hat, noch eine Weile schmoren lassen. Auf jeden Fall, bis ich sicher sein kann, dass nichts mehr nachkommt,
- mit der Abwicklung bin ich noch nicht weit gekommen, dazu
muss ich erst mal zuhause sein, aber ich brauche einfach noch
eine gewisse Zeit, bis ich wieder auftauchen kann." „Und was
soll ich inzwischen ohne dich machen, muss ich schon wieder
so lange auf dich verzichten?" „Was hältst du davon, wenn wir
eine längere Segeltour machen, sozusagen einen Liebestörn,
schon mal ein wenig Eheleben schnuppern." „Kannst du denn
inzwischen segeln." „Na klar, ich habe die Zeit genutzt und einen Segelkurs belegt, Motor und Segelscheine erworben, bin
mit erfahrenen Seglern unterwegs gewesen und vergiss nicht,
den Atlantischen Ozean habe ich auch schon mal allein überquert. Also, morgen früh geht's los, einverstanden." „Aber ein

bisschen Angst habe ich schon." „Kein Problem, wir fangen hier ganz langsam an, bleiben unter Land und hangeln uns von Hafen zu Hafen, bis du dich an das See-Leben gewöhnt hast, es wird dir bestimmt gefallen." „Für mein Pferd muss ich auch noch jemand finden, der es versorgt und mal reitet. Wie kann ich das von hier aus organisieren?" „Auch kein Problem, die Yacht besitzt eine Satteliten-Kommunikation, da kannst du gleich mal deine Eltern anrufen oder skypen, die freuen sich, dass du gut angekommen bist, aber bis auf Weiteres nichts von mir erzählen. Sag ihnen, du hättest dir zur Belohnung für dein Approbation eine längere Schiffsreise gegönnt." „Das habe ich doch von meinem Handy aus schon gemacht, die machen sich doch nur Sorgen, wenn ich schon wieder anrufe." „Nein, die freuen sich doch, wenn du gut angekommen bist. Sag mal, hast du ihnen von mir erzählt, als wir uns damals in Berlin trafen?" „Sicher, gleich als ich wieder zuhause war." Am nächsten Morgen gingen sie shoppen, um für Nina noch ein paar Segelklamotten, Bordschuhe und Wetterzeug einzukaufen, dann legten sie ab.

Samtrot

Samtrot wie der Wein,
soll unsere Liebe sein,
spritzig, herb zuweilen heiß,
sinnbetörend oft, wie Eis.
In den Stunden darin,
erkennen des Lebens Sinn,
in unser Selbst hinein,
schauend, ertrinken,
im gütigen Widerschein,
ewiger Dämmerung versinken.

Rei©Men

Kapitel 16 Ella und Fiete

Ehelichkeit

Ehe lebt durch Liebe,
lebt voller Zärtlichkeit,
findet neue Ziele,
auch den kleinen Streit.

Ehe, braucht Nähe,
zwischen dir und mir,
auf Augenhöhe,
Ehe braucht das Wir.

Gemeinsame Arbeit,
Freude und Leid,
Freizeit und Freiheit,
niemals Kleinlichkeit.

Ehe braucht Ehrlichkeit,
Urvertrauen, Geduld,
Empathie und Wahrheit,
verzeihen von Schuld.

Braucht Einsamkeiten,
und Zweisamkeiten.
Gern mit dir allein,
wird' ich nie einsam sein.

Rei©Men

Alles war vorbereitet, die Hochzeit konnte stattfinden, doch ein Wermutstropfen fiel in die Idylle. Fiete und Ella hatten ein gemeinsames Kind, nun hätte dieser Sohn verheiratete Eltern bekommen können, doch er war und blieb verschollen. Der einzige Erbe für das Vermögen der beiden war nicht mehr vorhanden. Ella war zwar keine superreiche Frau, immerhin besaß sie das Haus, welches sie von ihren Eltern geerbt hatte und im Laufe der Jahre war auch ihr Bankkonto um einiges Erspartes angewachsen. Fiete hatte durch die Scheidung von Trude auch ein nicht unerheblichen Zuwachsvermögen bekommen. Ella hatte keine weiteren Verwandten, bei Fiete dagegen, gab es Nichten und Neffen, die ihn beerben konnten. Sie waren sich darin einig, wie die weitere Erbfolge aussehen sollte und setzten sich gegenseitig in einem Erbvertrag als Erben ein. Weil sie hofften, dass Rudolph irgendwann wiederauftauchen würde, wurde er Nacherbe. Ella hatte Nina ja nur zweimal gesehen und kennengelernt, war aber zu der Ansicht gelangt, dass sie als Freundin und letzte Liebe ihres Sohnes eine würdige Erbin des Vermögens sein würde. Die Einladungen zur Hochzeit waren schon abgeschickt, doch Nina konnte nicht kommen, weil sie sich auf einer Seereise befand, doch die Zeit drängte und es musste eine Entscheidung her. Der zu Rate gezogene Notar erklärte, dass Nina erst dann erben könnte, wenn zweifelsfrei feststand, dass Rudolph tot ist und dass konnte nach der Gesetzeslage bis zu 20 Jahre dauern. Nach Ablauf dieser Zeitspanne, würden Vermisste vom Gesetz her als tot betrachtet. Der einzige Weg, dass Nina früher erben konnte, war, Rudolph für tot zu erklären. Für Ella und Fiete war das die bitterste Erfahrung ihres Lebens, aber unausweichlich. Kurz nach der Eheschließung unterschrieben sie den Erbvertrag und den Antrag für die Todeserklärung von Rudolph. Danach sollte Rudolph alles erben, falls er wiederauftauchen würde und als Nacherben setzten sie Nina als seine Braut ein.

Natürlich erhielt Nina davon keine Kenntnis, außerdem schwamm sie ja irgendwo in der Karibik herum und war nur über ihr Handy erreichbar, doch dieser Kontakt war auch nur zeitweise vorhanden, außerdem wollten Ella und Fiete bei der jungen Frau nicht das Gefühl hinterlassen, dass sie von ihnen überwacht würde. Sie sollte in ihren Lebens-Entscheidungen frei und unbeeinflusst bleiben, auch wenn sich eine neue Beziehung mit einem anderen Mann ergeben würde. Man konnte von ihr ja nicht verlangen, ihr Leben lang auf Rudolph zu warten, das Leben ging weiter, ob man wollte oder nicht. Sie waren von Nina unterrichtet worden, dass sie ihr Staatsexamen bestanden hatte und sich demnächst eine tierärztliche Praxis in ihrer Heimat einrichten wollte, machten sich jedoch keine Gedanken darüber, warum sie sich seit einiger Zeit nicht mehr bei ihnen gemeldet hatte, dachten, sie wäre im Moment mit Arbeit überlastetet, was ja verständlich war, wenn man sein Berufsleben beginnt. Mit der Todeserklärung ging die Auflösung des Hausstandes von Rudolph einher. Fiete und Ella brachten die bewegliche Habe, unter anderem ein Motorrad, Marke Harley nach Greetsiel und lagerten es im Geräteschuppen bei Ella ein. Hier fanden auch einige Sachen die Fiete mitbrachte und die nicht in Ellas Haus passten, ihre vorläufige Endstation. Kurz vor ihrer Hochzeit bekam Ella einen Anruf von Nina, sie wollte unbefangen wirken und hatte einen Zeitpunkt gewählt, wo Rudolph nicht an Bord war. Sie wünschte Ella und Fiete alles Gute zur Vermählung und erklärte, dass sie beide besuchen wolle, sobald sie von ihrer Reise zurück sei. Ella befragte Nina auch über ihre Pläne, bezüglich der Eröffnung einer Tierarzt-Praxis. Nina beklagte, dass sie erst einmal viel Geld verdienen müsse, bevor sie sich das leisten könne. Das war der Anlass für Ella mit Fiete mal über Geldangelegenheiten zu reden. Sie kamen überein Nina bei ihrer Tierarztpraxis ein bisschen unter die Arme zu greifen.

Kapitel 17 Der Törn

Segelfieber

Segelfieber, es packt mich wieder,
ewige Sehnsucht nach Einsamkeit,
Kameraden und Seemannslieder,
Seemannschaft und vergessen der Zeit.

Du verlierst dich aus deiner engen Welt,
rund um den Kompass, durch die Gezeiten,
in die hehren, erhabenen Weiten,
hoch hinauf bis in das Himmelszelt.

Erfahrung in einer anderen Welt,
hier zählt nur der Mensch, nicht das Geld,
hier musst du bereit sein jederzeit,
weil das Meer keine Fehler verzeiht.

Wenn es dann heißt, Land in Sicht,
des Seemanns Gang wird zögerlich,
eine vertraute Heimat lässt er zurück,
für lange Zeit endet sein Seglerglück.

Rei©Men

Nina fuhr zum ersten Mal in Ihrem Leben zur See. Die ersten Tage waren etwas schwierig, doch die Liebe entschädigte für Vieles. Nina merkte jedoch bald, dass sie sich womöglich nie an ein Leben auf See gewöhnen würde. Ihre Ambitionen waren die Natur und die Tiere, nicht die Meeresbewohner. Trotzdem lernte sie schnell, sich an Bord zu bewegen, beherrschte ein paar Knoten, half beim An- und Ablegen, doch mit den Segeln kam sie nie richtig zurecht. Man sagt ja nicht umsonst, dass Liebe Berge versetzen kann und so war auch Nina bereit, es Rudolph zu liebe auf dem Schiff auszuhalten, obwohl sie sich an Land besser fühlte. Sie konnte sich vorstellen, in der Zukunft mit Rudolph kurze Urlaubs- und Wochenend-Törn's zu unternehmen, doch auf dem Wasser zu leben war einfach nicht ihr Ding, zumal sie ja nicht studiert hatte, um hernach all ihre Lebensziele über Bord zu werfen. Ihr Traum war, in Zukunft als Tierärztin zu arbeiten. Nachdem sie mit Rudolph darüber gesprochen hatte und erfuhr, dass er vorhatte unter seinem neuen Namen Borchert noch mindestens ein Jahr lang auf See zu bleiben, akzeptierte sie beides nicht. Sie erklärte, dass er sich diesbezüglich entscheiden müsse. Rudolph dagegen, hatte keinerlei Ambitionen in seinem erlernten Beruf zu arbeiten, musste demnach von vorn anfangen. Mit seinen großen einschlägigen Erfahrungen im finanz- und betriebswirtschaftlichen Bereich, konnte er sich eine Existenz sehr gut vorstellen. Das Problem war jedoch, das ging nicht unter seinen neuen Namen, der war für alle Zeiten verbrannt. Den Versuch wieder unter Kaiser zu leben, hatte er schon zweimal gemacht und war jedes Mal gescheitert. Deshalb erklärte er Nina seine Absicht, noch mindestens ein Jahr abzutauchen, bevor sie heirateten. Dann wollte er den Namen Rudolph Kaiser wieder annehmen. Der Törn-Verlauf ging dann abrupt zu Ende, als Rudolph Nina beichtete, dass er einen Mann töten musste, weil der sonst ihn getötet hätte. Sie akzeptiert das nicht und auch nicht, dass er bis auf Weiteres den fremden Namen Borchert behalten wollte. Als er ihr dann noch erklärte, seine Mutter weiterhin im Unklaren über seine Wiedergeburt zu lassen, kam es zum Zerwürfnis. Sie trennen sich, Rudolph übergab ihr noch eine größere Geldsumme, dann segelte er unbekanntem Ziel davon. Nina flog ebenfalls nachhause und ging wieder ihrer Arbeit auf einem Gestüt nach. Hier hatte sie sich inzwischen gut eingelebt und die Arbeit mit den Tieren brachte ihr zum Bewusstsein, welch einen schönen Beruf sie sich erwählt hatte. Ihre Stute freute sich auch, dass sie wieder zurück war. Daran wollte sie unter allen Umständen festhalten. Sorgen bereiteten ihr nur die ungelösten Probleme mit Rudolph und seiner Familie. Die Angelegenheit mit der Tötung des Killers ging ihr weiterhin im Kopf herum, deshalb fragte sie ihren Vater, der ja bei einem Rechtsanwalt arbeitete, wie er die Sache beurteilte.

Die Antwort beruhigte sie dann doch einigermaßen, es handelte sich eindeutig um Notwehr, trotzdem, sie wollte Leben erhalten und retten, nicht zerstören, auch wenn es sich „nur" um Tiere oder Verbrecher handelte. Ihr Verständnis von Humanität verlangte, dass man sich in einem solchen Fall der Polizei anvertraute. Das aber, hatte Rudolph unterlassen und das Recht in die eigene Hand genommen. Er hielt allerdings dagegen, dass ihn die Polizei nicht hätte schützen können, womit er dann wohl recht hatte. Außerdem argumentierten die Behörden, das von seinen ehemaligen „Freunden" alle im Gefängnis saßen. Doch davon einmal ganz abgesehen, hatte die Polizei wenig Interesse, das Leben von aktiven Straftätern zu schützen. Da herrschte dann eher die Meinung vor, sollen die sich doch gegenseitig ausrotten, dann haben wir weniger Arbeit. Hinzu kam, dass sie den Verdacht hatte, dass für den kapitalen Computer-Überfall Rudolph steckte, aber man konnte ihm nichts beweisen. Auch diese Angelegenheit wollte er so bald wie möglich hinter sich bringen und der geschädigten Versicherung mindestens seinen Anteil am Erlös der gestohlenen.

Kapitel 18 Die Entscheidung

Ella und Fiete diskutierten tagelang über das Thema ob sie ihren Sohn Rudolph für tot erklären lassen sollten. Die lang gehegte Hoffnung, dass er wieder auftauchen würde, hatte sich nicht erfüllt. Die Behörden gingen davon aus, dass er ertrunken war und legten den Fall als Sportunfall zu den Akten. Die Wartefrist von einem Jahr für Todeserklärungen war abgelaufen, sie hatten die Todes-Erklärung schon fertig auf dem Tisch liegen, zögerten aber noch und wollten vorher mit Nina darüber sprechen. Doch dann ereignete sich etwas sehr Sonderbares. Ein einheimischer Fischer fand in seinem Netz den Fetzen eines Hemdes und brachte es zu Ella und Fiete. Normalerweise hängte man solche Funde in den Motorraum, um sie als Putzlappen zu benutzen. Aber der Zufall wollte es, dass einer seiner jungen Bootsleute aus Greetsiel das Hemd kannte, weil es auf der Brust eine Aufschrift trug, die eigentlich nicht zweimal vorhanden sein konnte. Es war das Fragment seines Spitznamens >Kaiser-Koretchen< und das oretchen war noch vorhanden. Er erinnerte sich es bei Rudolph gesehen zu haben und brachte es zu Ella. Sie erkannte es auch als dasjenige, welches er angehabt hatte, als sie ihn zum letzten Mal sah. Sie brachte es zur Polizei und die Spurensicherung stellte fest, dass die Verschmutzungen von der Antifouling-Farbe einer Yacht herrührten. Alles deutete darauf hin, dass der Hemdträger von einem Schiff überfahren worden war.

Das gab den Ausschlag, sie unterschrieben das Dokument und schickten es ab. Rudolph war nun für tot erklärt, segelte jedoch unter fremdem Namen wie ein Geistersegler über die Weltmeere und erfreute sich seines Lebens. Aus all dem entstand nun ein Teufelskreis von gegenseitigen Rücksichtnahmen. Ella erzählte Nina nichts von dem gefundenen Hemdfetzen, weil sie ihr die letzte Hoffnung nicht nehmen wollte. Nina sagte Ella nicht, dass sie Rudolph getroffen hatte, sich aber von ihm getrennt hatte, weil er seine Mutter weiter hinhalten wollte. Rudolph hatte Nina das Versprechen abgefordert, seiner Mutter und auch sonst niemand von seinem überlebten Unfall zu erzählen, weil er ernsthaft befürchten musste, dass durch das Bekanntwerden, sein Leben erneut von den Gangstern bedroht wäre. Jedenfalls nahm er das an, denn die Gang konnte auch aus dem Gefängnis heraus tätig werden, um ihren toten Kumpel zu rächen. Darunter litt Nina am Meisten. Sie hatte sich ernsthaft vorgenommen sich mit Rudolph erst wieder zu treffen, wenn er seine persönlichen Verhältnisse in Ordnung gebracht hatte. Weil sie befürchtete sich zu verraten, konnte sie bis auf Weiteres auch Ella und Fiete nicht unter die Augen treten.

Doch es sollte noch viel schlimmer kommen, Ella hatte einen kleinen Hund und musste mit ihm zum Tierarzt. Da sie sich schon gut und lange kannten, erzählte er ihr, dass er demnächst in Rente gehen wolle, aber keinen Nachfolger finden könne. Natürlich dachte Ella gleich an Nina und erzählte Dr. Niemann von ihrer fast Schwiegertochter, der war höchst interessiert und trug Ella auf einen Kontakt herzustellen. Nina sagte am Telefon zuerst einmal nichts dazu, denn tausend Gedanken gingen ihr durch den Kopf. Es war für sie eine einmalige Chance in ihrem Beruf Fuß zu fassen, dazu noch in der Heimatstadt von Rudolph. Ella wartete auf ihre Antwort, ihr tat schon das Ohr weh, dann fragte sie endlich: „Bist du noch dran", „ja", kam es von Nina zurück und endlich sagte sie, sie müsse sich das überlegen und würde sich wieder melden. Tagelang wartete Ella nun auf den Rückruf, dann fragte sie nochmal nach, Nina druckste herum und gestand ihr dann, dass sie leider nicht so viel Geld für die Übernahme der Praxis auftreiben könne. Ella überlegte kurz und machte dann den Vorschlag, ihr bei der Finanzierung zu helfen. Sie hoffte natürlich, dass Fiete sie dabei unterstützen würde, denn allein konnte sie das nicht stemmen. Doch diese Ansage verschärfte natürlich nur die Situation. Nina konnte das so freundlich gemeinte Angebot nicht annehmen, bevor ihr Verhältnis mit Rudolph nicht endgültig geklärt war. Zumindest musste er erst wieder von den Toten auferstehen, daran ging kein Weg vorbei. Sie war sich aber immer noch nicht im Klaren, welchen Schrift sie zuerst machen sollte. Die Zwickmühle in der sie sich befand konnte nicht größer sein, alle Schnittstellen führten über ihre Person, wie sollte sie den Gordischen Knoten lösen. (Den hatte der Phrygische König Gordius, zur Verknüpfung der Deichsel seines Streitwagens mit dem Joch, erfunden) Alexander der Große hatte dazu sein Schwert benutzt. Sie musste es mit Diplomatie schaffen, deshalb dachte sie, zuerst mal die Tierarzt-Praxis anschauen, aber dann musste sie Ella unter die Augen treten, dass konnte nicht gut gehen. Zuerst mit Rudolph reden? Dass verbot ihr der Stolz. Er musste sich bei ihr melden nicht andersherum. Ella sagen, dass ihr Sohn noch lebte, dann war zu befürchten, dass diese Nachricht irgendwie durchsickerte und Rudolph' s Leben wieder in Gefahr geriet, außerdem war es ein Unding das Wort zu brechen, dass sie ihm gegeben hatte. Es half alles nichts, sie musste erst einmal Zeit gewinnen - deshalb vertröstete sie Ella, sie müsse sich das erst noch einmal überlegen und würde zurückrufen. Sie überlegte sehr lange, endlich fiel ihr ein kleiner aber äußerst wirksamen Trick ein, wie sie Bewegung in den Schlamassel bringen konnte. Endlich hatte sie eine Idee, verfiel auf eine uralte Notlüge und schrieb an Rudolph eine sehr kurze gehaltene E-Mail, die ihm keinerlei Aufschlüsse über ihr Gefühlsleben gab, ihn aber zum sofortigen Handeln zwang: >Ruf bitte deine Mutter an, Fiete hatte einen Herzinfarkt und liegt im Krankenhaus <

Die Wege des Lebens

Denkst du dein Leben bis zur ersten Mikrobe zurück,
die entstand, kannst du nur vor Ehrfurcht niedersinken,
und um hohe Erkenntnis ringen, warum es dich gibt.
Denke nie darüber nach, wie lange du lebst,
oder wie lange dein Leben noch währet.
Schon ein einziger Tag, wäre schöner gewesen,
als überhaupt nicht geboren zu werden.
Wenn dein Sein endet, wird es in den ewigen Kreislauf
des unendlichen, intelligenten Universums,
in dem nichts verlorengeht, zurückkehren.

Rei©Men

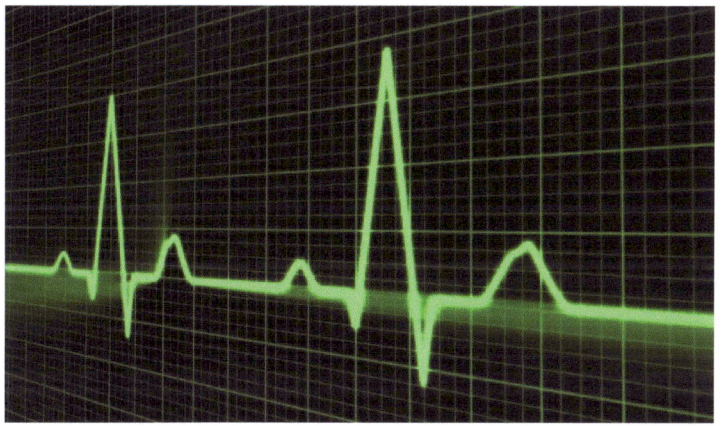

Kapitel 19 Die Versöhnung

Als Rudolph die Nachricht erhielt, lag er gerade in einem Hafen in New Zealand und schrieb besorgt zurück:

>Wie geht es meinem Vater? Die Gangster-Gruppe hat sich aufgelöst und ist keine Bedrohung mehr für mich, ich rufe Mutter gleich an<. Sie schrieb zurück, >bloß nicht, das mache ich selber. Fiete wird es überleben. Buche lieber ein Ticket nach Hamburg<.

Rudolph war ja nur deshalb noch abgetaucht, damit seine Vergangenheit in Vergessenheit geriet und es war eigentlich an der Zeit wiederaufzuerstehen. Doch das Leben war schön, das Segelei machte ihm Spaß, die See war weit, - aber nun musste er eine Entscheidung treffen, das war ihm klar, es gab überhaupt keinen Anlass mehr das Versteckspiel fortzusetzen. Der eigentliche Grund, weshalb er sich noch nicht bei Nina gemeldet hatte war seine Angst, vor ihrer Antwort. Liebte sie ihn noch? Natürlich war ihm völlig klar, je länger er diese alles entscheidende Klärung hinauszögerte, desto schlechter wurden seine Aussichten sie zurückzugewinnen. Jetzt oder nie, dachte er kurz entschlossen, buchte erst mal ein Ticket nach Hamburg und schrieb dann zurück:
>Ich ruf dich an, wenn du mich in Hamburg abholen kannst <.
Das war für Nina ein deutliches Zeichen, dass er sie wiedersehen wollte.

Nina hatte inzwischen auf einem großen Gestüt die Arbeit als Assistentin einer Tierärztin angenommen und auch Isa lebte nun auf diesem Pferdehof. Von ihrem Einkommen, konnte sie ganz gut leben und hatte sich sogar einen Campingbus gekauft. Das hatte den Vorteil, dass sie ihre Stute in einem Anhänger überall hin mitnehmen konnte. Das Geld dafür hatte sie zusammengespart, denn die Überweisungen von Rudolph' s Sponsoring gingen nach wie vor auf ihrem Konto ein. Sie hätte ihn ja auffordern können, den Dauerauftrag zu stoppen, aber das hätte für Rudolph so ausgesehen, als wenn sie mit ihm nichts mehr zu tun haben wollte. Immer wenn sie in den VW-Bus einstieg, dachte sie daran es ihm irgendwann zurückzuzahlen, doch das konnte warten, im Moment war der Bus für sie wichtiger als ihre Schuldgefühle, die sie wegen der Zweckentfremdung hatte, denn für das Studium, für das es eigentlich gedacht war, brauchte sie es nicht mehr.

Als sie die Nachricht gelesen hatte, nahm sie ein paar Tage Urlaub, setzte sich ins Auto und fuhr nach Greetsiel. Ella war überrascht sie zu sehen, sah aber an Nina' s strahlendem Gesicht, dass etwas Besonderes passiert sein musste und sagte scherzhaft:
„Hast du im Lotto gewonnen?" „Ja, gab sie zurück, Rudolph lebt und kommt morgen nachhause". Spontan lagen sich die beiden Frauen in den Armen, weinten und lachten, dann sagte Ella: „Komm rein, ich brauche jetzt einen Aquavit, dann musst du mir alles ganz genau erzählen", – und dann murmelte sie sehr nachdenklich – „ich habe es doch gewusst". Als Nina ihr dann alles erzählt hatte, fragte sie: „Darf ich mitkommen nach Hamburg, ich muss dem Burschen noch die Löffel langziehen und Fiete kommt auch mit, er will doch seinen Sohn endlich mal in die Arme nehmen." Als sie ihn dann in der Arrival-Zone begrüßten, war ihr Zorn schon wieder verflogen und ihre Muttergefühle überwältigten sie. Erst nach einer endlosen Umarmung, drehte sie sich um und überließ ihn Nina. Diese Begrüßung fiel eher etwas kühler aus, denn beide wussten nicht, wie sie die Situation einschätzen sollten. Rudolph sagte nur ganz

kurz: „Ich muss dir nachher erzählen, wie weit ich mit der Ab-wicklung meiner >Sünden< gekommen bin", denn sie hatte ja angedroht ihn zu verlassen, wenn er sein altes Leben nicht hin-ter sich lassen würde. Dann kam endlich Fiete an die Reihe, er schaute ihn lange von unten bis oben an, dann sagte er: „Komm in meine Arme Sohn, du hast die Figur von meinem Großvater, der hatte auch schon in jungen Jahren die kleinen „Geheimrats-Ecken" in der Stirn, die Augen sind von deiner Mutter und von mir können nur die Ohren sein". Alle schauten nun auf Fietes und Rudolph' s Ohren und tatsächlich, man hätte sie austauschen können. Ella hob den Finger hoch und drohte: „Du wirst doch nicht etwa unterstellen, dass ich ihn dir untergeschoben habe, na warte, komm du heim", denn er wohnte ja inzwischen bei Ella im Hause Kaiser. Rudolph war erstaunt das Fiete trotzt seines „Herzinfarktes" mitgekom-men war und flüsterte seinen Verdacht Nina ins Ohr. „Das war doch nur ein Bluff, sag' bitte zu niemand etwas davon". „Kommt alle mit", sagte nun Fiete", „ich habe im Deichkrug einen Tisch bestellt und wir müssen noch ne' Stunde fahren." Als sie dann ankamen, war schon die halbe Stadt im Krug ver-sammelt, Trude hatte für alle mehrere Gerichte gekocht und es gab Freibier und Korn, alles vom Allerfeinsten. Dann hielt sie zur Begrüßung eine kurze Rede und wünschte allen Gästen ei-nen guten Appetit.

Nach einer langen Aussprache am selben Abend, löste sie auch das Rätsel mit ihrer Notlüge und Fietes angeblichen Herz-infarkt. Er erklärte ihr, was er alles zu seiner Rehabilitierung noch erledigen musste, dann schliefen sie miteinander, als wenn es ab morgen verboten würde. Am nächsten Morgen gingen sie beide zur Polizeistation und Rudolph erklärte den Beamten, was ihm passiert war und warum er sich so lange nicht gemeldet hatte. Er nannte die Dienststelle in Berlin, da-mit die sich dort über sein Vorleben erkundigen konnten. Nach

Klärung aller Details nahm Rudolph seinen alten Namen wieder an und ließ das Schiff auf seinen Namen eintragen.

Der Hamburger Betrieb existierte ja noch und verdiente viel Geld. Sein Geschäfts-Führer Petersen hatte einen großen Erfolg aus der kleinen Firma gemacht. „Endlich melden Sie sich mal, wir dachten schon Sie sind gestorben. In Berlin haben wir Sie auch nicht erreicht, doch meine Frau meinte abwarten, der will bestimmt irgendwann wissen, was aus seiner „Kohle" geworden ist." „Ja, Petersen, so ähnlich ist es gewesen, aber das erzähle ich Ihnen mal in aller Ruhe bei einer Flasche Wein." Er berichtete dann, dass sein alter Chef angerufen hätte und nun bitter bereute, dass es zum Zerwürfnis gekommen war. Nun machte er den Vorschlag, dass die neue Firma den alten Betrieb ganz übernehmen könne, er wolle nur noch stiller Teilhaber bleiben. Rudolph wollte den Betrieb ja ursprünglich liquidieren, doch nachdem was er nun gehört hatte, jetzt stiegt er selber als kaufmännischer Leiter ein und machte zusammen mit Petersen daraus ein richtig tolles Unternehmen.

Seine alten Geldgeber zahlte er aus und steckte stattdessen sein eigenes Geld in das Unternehmen. Der Versicherung des Computertransportes überwies er als Anzahlung, über nicht nachvollziehbare Kapitaldienste die erste Rückzahlungsrate, weitere würden aus den Gewinnen seiner Geschäftsanteile folgen. Bei der Versicherung wunderte man sich woher das Geld kam, das nur mit einem Stichwort gekennzeichnet war:

Computer 1. Man fragte sich durch alle Abteilungen durch und tatsächlich, ein Mitarbeiter erinnerte sich an die Angelegenheit. Nun hätte man ja annehmen dürfen, dass man dieses Ereignis den Behörden mitteilen würde, aber die Direktoren folgerten richtig, dass auf Computer 1, bestimmt Computer 2 folgen würde und diese Quelle wollten sie sich nicht verstopfen. Das wäre wohl unweigerlich passiert, wenn die staatlichen Ermittler versuchen würden, den Einzahler zu ermitteln. Also hielt man sich zurück, wartete ab und dachte wie der römischen Kaiser Vespasian: „Geld stinkt nicht." Nun blieb ihm nur noch seine Wohnung in Berlin zu kündigen und seine Harley nach Greetsiel zu holen.

Rudolph machte Nina bald einen zweiten Heiratsantrag und bat sie, statt einer Hochzeitsreise, mit ihm zusammen, die Yacht nach Greetsiel zu überführen. Nina war sofort einverstanden und flog nach der Hochzeit mit Rudolph nach New Zealand, wo sie inzwischen lag. Als sie zurück waren, arbeitete sie zunächst in der tierärztlichen Tierart-Praxis von Dr. Niemann und übernahm sie später selber. Endlich bekam dann auch das anonyme Grab, das bisher nur eine Zahl schmückte, einen Namen und eine Inschrift:

Karl Heinz Borchert
1965 – 2015

Zu Gedenken an einen Mann,
dem ich so viel verdanke.
Rudolph

Ende

Wenn Ihnen mein Buch gefallen hat, möchte ich Sie bitten eine Bewertung abzugeben. Gehen Sie in den Amazon-Bücher-shop, schreiben Sie Horst Reiner Menzel, klicken Sie in das Cover-Bild und wählen Sie Rezension, oder klicken Sie in das Feld Schreiben Sie eine Bewertung und nicht vergessen, Sie müssen Sterne vergeben. Vielen Dank für Ihre Mühe.

Die handelnden Personen:

Rudolph Kaiser	Spitzname: Kaiser-Koretchen
Ella Kaiser	Mutter von Rudolph
Karl Heinz Borchert	Der in Greetsiel ange- schwemmte Tote
Fiete Harmsen	Ehemann von Trude Vater von Rudolph
Trude	Die Ehefrau von Fiete
Benno Gerdes	Sein Lehrmeister
Jensen	Oberkellner im Deichkrug
Dr. Nina Bothram	Freundin von Rudolph Kaiser
Dr. Niemann	Tierarzt in Greetsiel
Adventure	Name der Yacht
Borchert	Der Eigner der Yacht
Isa	Hannoveraner Stute
Petersen	Geschäftsführer der Per- fektuum Mobile GmbH
Helmberger	Alter Chef von Petersen
Ortlieb	Anwalt von Rudolph Kaiser
Lena	Country-Sängerin
Bernd Schneider	Kommilitone von Nina

Leser-Informationen

Horst Reiner Menzel wurde am 14. September 1938 in Sprem-
berg in der Mark Brandenburg geboren. Nach dem Besuch der
Schule und dem Abschluss einer Handwerks-Lehre war Menzel
in den Jahren von 1953 bis 1959 im Kanu- Leistungssport aktiv.
Er verließ 1959 die DDR, weil ihm die Ausbildung zum Meister
und auch ein Studium der Holztechnologie verwehrt wurden,
vermutlich Sippenhaft, weil sein Onkel von 1949 - 1954 als po-
litisch Verfolgter in Torgau und Bautzen einsaß. Menzel arbeitete dann in der Bundesrepublik in einem größeren Handwerksbetrieb und begann eine kaufmännische Ausbildung, in
deren Anschluss er von 1959 bis 1980 als Angestellter und Be-
triebsleiter, in diesem Betrieb tätig war. Ab 1980 führte Menzel zusammen mit seiner Frau Doris einen eigenen selbständi-
gen Handwerksbetrieb, bis er im Jahre 2003 den Betrieb an seinen Schwiegersohn übergab, in Pension ging und sich dem
Schreiben widmete.

Hobbys: Sport - Musik- Schach - Schreiben – Bücher

Veröffentlichungen:

Im BoD-Verlag Norderstedt und Amazon Verlag
Taschenbücher und E-Books deutschsprachig
and Publications as Paperbacks and Kindle E-books English

1

Gedichte und Aphorismen erzählen Geschichten
Nachdenkliches für Mußestunden
ca. 175 Gedichte 500 Aphorismen u. Epigramme
Herstellung und Verlag: BoD - Books on Demand, Norderstedt
Taschenbuch ISBN: ISBN-9783753440156

2

Deutsch-Amerikanische Familien-Saga
Eine Familien-Saga erzählt die Geschichte der Auswanderer,
von Siedler-Trecks, Goldgräbern und Farmern,
von den Kriegsereignissen und der Nachkriegszeit.
Taschenbuch ISBN-9783753496986

3

German-American Family-Saga
A family saga tells the story of the emigrants, of settler treks, gold
diggers and farmers, of the war events and the post-war period.
Amazon Paperback: ISBN-9798575985259
Amazon E-Book-Code ASIN-B08PP1FS6F

4

Denkanstöße-Philosophische Betrachtungen
Gesellschaft im Wandel der Zeiten
Herstellung und Verlag: BoD Books on Demand, Norderstedt
Taschenbuch: ISBN-9783753420615

5

Denkanstöße Philosophische – Betrachtungen
Astronomie – Physik – Universum
Künstliche Intelligenz – Robotik
Herstellung und Verlag: BoD - Books on Demand, Norderstedt
Taschenbuch: ISBN-9783752683417

6

Der ~Blitzschutz~
Die Entstehung einer Branche und ihre Normen-Krise
von 1955 - 2010
Amazon Taschenbuch: ISBN-13: 978-1508509301
Amazon E-Book-Code ASIN-B0098PNPEQ

7

Segelfieber
Fahrtensegler-Roman in der Seemannssprache, welche die harten
Realitäten auf hoher See nicht mit Seefahrerromantik verklärt, sondern aufklärt.
Herstellung und Verlag: BoD - Books on Demand, Norderstedt
Taschenbuch ISBN-9783746047720

8

Lebensabschnitte
Episoden-Geschichten, Erinnerungen an den Krieg,
die Nachkriegsjahre, den Neuaufbau Deutschlands.
Herstellung BoD - Books on Demand, Norderstedt
Taschenbuch ISBN-9783753426501

9

Das Verkehrs ABC
Ein Erfahrungsbericht aus 55 Jahren Fahrpraxis
Die häufigsten Fahr- und Denkfehler der
Verkehrsteilnehmer – Wie überlebe ich im Verkehrs-Chaos
Herstellung BoD - Books on Demand, Norderstedt
Taschenbuch ISBN-9783752825053

10

Stalking-Report
Der Jurist definiert Stalking als Nachstellung und Verfolgen einer
Person, die solange wiederholt wird, bis das Opfer in seiner physischen oder psychischen Unversehrtheit nachhaltig gestört ist und
sich langfristig bedroht und geschädigt fühlt. Der Roman erzählt
die Geschichte einer jungen Frau, die anfangs das Geschehen für
den Spleen eines abgewiesenen Verehrers hält, sich dann aber bald

in ihren Lebenskreisen immer mehr einschränken muss, um den exzessiven Nachstellungen des Stalkers zu entgehen. Die hilfesuchend die Behörden anruft, aber lange Zeit auf taube Ohren stößt. Erst durch ein entscheidendes Ereignis, dass sie selber auslöst, wird sie plötzlich vom Opfer zur Angeklagten.

Herstellung und Verlag: BoD - Books on Demand, Norderstedt
Taschenbuch ISBN-13-9783752641110

11

Stalking Report

The jurist defines stalking as the stalking and pursuit of a person that is repeated until the victim is permanently disturbed in his physical or psychological integrity and feels threatened and harmed in the long term. The novel tells the story of a young woman who initially believes the events to be the quirk of a rejected admirer, but soon has to restrict herself more and more in her life circles in order to escape the excessive stalking of the stalker. She calls the authorities seeking help, but for a long time it falls on deaf ears. Only through a decisive event that she herself triggers, she suddenly goes from victim to defendant.

Amazon Paperback: ISBN-979-8582816287
Amazon e-book ASIN-B08QVRX4C2

12

Paddelfieber und Silberpappeln

Roman und Huldigung an den Kanusport
Paddeln – Freizeit – Freiheit in der Natur genießen.
Eine der wenigen Sportarten, die Welt aus einer anderen Perspektive zu sehen.

Herstellung und Verlag: BoD - Books on Demand, Norderstedt
Taschenbuch mit Farbfotos: ISBN-9783753480824

13

Die Aussteiger-The Dropouts

Oase der Lebensfreude für Zivilisationsmüde

Herstellung BoD Books and Demand und Amazon
Taschenbuch ISBN-9783753462264

14

Elektrofahrrad-Pedelec von A -Z
Ein Erfahrungsbericht für Einsteiger
- Technik - Navigation - Verkehrsprobleme und mehr
Amazon Taschenbuch ISBN-13-978-1508444350
Amazon E-Book-Code ASIN-B00T80UC42

15

Overseas

Overseas erzählt die fiktive Geschichte von Rudolph Kaiser und beschreibt eine für seine Familie unerträgliche Situation in drei Teilen. Die des „Kriminellen", des „Verschwundenen" und die, der „Hinterbliebenen". Eigentlich eine wahre Geschichte, die sich jeden Tag an Land und auf hoher See, in der Berufs- Kreuz- und der Sport-Schifffahrt von Neuem ereignen kann.
Herstellung BoD Books and Demand
Taschenbuch ISBN-9783754326107

16

Die Tuchmacha

Eine leidenschaftliche Heimat-Geschichte beginnend mit dem Erwachen des Industriezeitalters im 19. Jahrhundert der Spremberger Tuchmacherdynastien, erzählt von einem mit Spreewasser getauften Spremberger Horst Reiner Menzel.
Herstellung und Verlag: BoD - Books on Demand, Norderstedt
Taschenbuch mit Farbfotos: ISBN-9783753480503

17

Short Storries

What all this has come together in a long life.
Stories to smile and think about.
Impaled and written down,
Short stories to fall in love with.
Amazon Paperback: ISBN-9798692510969
Amazon E-Book Code: ASIN-B08KHH7VZ7

18

Der Selfmademan

Ein Blitzschutz-König, das war er in seinem Reich und in der Branche, ein Monarch im Tun und Handeln, und er wurde es wahrlich, ohne große eigene Anstrengung und Zutun. Sein Verdienst war es allerdings, immer die richtigen Leute zu finden, die ihn am Ende dorthin brachten was er haben wollte: Viel Geld.

Herstellung und Verlag: BoD - Books on Demand, Norderstedt
Taschenbuch mit Farbfotos: ISBN-9783754325667

19

Kurzgeschichten

Was so alles zusammengekommen ist in einem langen Leben. Geschichten zum Schmunzeln und Nachdenken.

Herstellung und Verlag: BoD - Books on Demand, Norderstedt
Taschenbuch mit Farbfotos: ISBN-9783753453446

20

Das Schwimmbad A B C

Die allermeisten Bauherren sind Schwimmbad-Leien. Es gibt auch nur wenige Architekten, die sich mit der Materie wirklich auskennen. Man verlässt sich gern auf die „Fachleute" respektive Schwimmbad-Errichter-Firmen und steht dann oft schon beim Bau und später bei der Schwimmbadbetreuung einsam und verlassen da. Die Anlage kann durchaus gut und richtig geplant und auch ausgeführt worden sein, doch nun steht man vor der riesigen Aufgabe dieses Technikmonster am Laufen zu halten.

Herstellung und Verlag: BoD - Books on Demand, Norderstedt
Taschenbuch mit Farbfotos: ISBN-9783753454467